KB006723

싸샤라는 이름의 나라

싸샤라는 이름의 나라

갈라 우즈류토바 소설

씨네스트

싸샤라는 이름의 나라

초판 1쇄 | 2023년 10월 25일

지은이 | 갈라 우즈류토바
옮긴이 | 강완구
표지 디자인 | 이웅
본문 디자인 | S-design
편　집 | 강완구
펴낸이 | 강완구
펴낸곳 | 도서출판 써네스트
출판등록 | 2005년 7월 13일 제2017-000293호
주　소 | 서울시 마포구 망원로 94, 203호
전　화 | 02-332-9384　　팩　스 | 0303-0006-9384
이메일 | sunestbooks@yahoo.co.kr
I S B N　979-11-90631-67- 9　03890 값 12,000원

마이클 잭슨이 죽었다. 오늘. 그리고 오늘은 내 생일이다. 기분이 우울하다. 그가 죽을 날을 조금 늦추어 주기를 바랐던 것은 아니다. 다만 마이클 잭슨이 떠났다는 것은 나의 청소년기가 끝났고 어른이 되어야 한다는 것을 의미하기 때문이다. 사실 나는 그가 톰과 제리처럼 영원할 줄 알았다.

"그만 홀쩍여." 엄마가 마트에서 산 물건들이 가득 든 에코백으로 나를 툭 치며 말했다.

"열여섯 살인데 아직도 그런 것에 관심을 갖는 거야! 맙소사, 도대체 내가 누굴 키운 거야?"

"멋진 남자?"

"아직은 아니야. 하지만 싸샤, 너는 멋진 남자가 될 거라고 믿어. 머저리는 한 명으로도 충분하거든."

머저리는 내가 세 살 때 우리를 버린 아빠를 가리키

는 말이다. 음악가가 되고 싶었던 아빠는 우리에게 "굿바이!"라고 이야기를 한 후 방랑길을 떠났다. 나중에 들은 소식으로 그는 한 밴드에서 노래를 불렀다고 하는데 유명해지지는 못한 것 같다. 적어도 우리는 그를 그래미어워드 시상식에서 보지 못했다. 그때부터 엄마는 모든 루저 남자를 '음악가'라고 불렀다.

한 마디로 나는 아빠 없이 자란 티가 나는 엄마의 아들이다.

나는 엄마와 오드리 햅번이 세상에서 가장 아름다운 여자라고 생각한다.

나는 엄마가 해준 음식을 먹는 것을 좋아한다.

내게는 여자 사람 친구가 남자 사람 친구들보다 많다.

나는 자주 운다.

나는 눈썹 손질을 한다.

나는 액세서리를 사기 위해서 돈을 쓴다. 내 귀에는 은 귀걸이가 걸려 있다.

나는 전화를 받지 않기도 한다. 하지만 엄마의 전화는 항상 받는다.

내가 좋아하는 영화 목록에 〈아멜리에〉가 있다.

나는 올해의 계절에 맞는 머리 스타일과 옷 스타일을 안다.

나는 주먹을 꽉 쥐거나 주먹질을 할 줄 모른다.

요새는 아빠 없이 자라는 아이들이 많다. 예를 들어서, 나는 아빠와 엄마가 둘 다 있는 아이들을 잘 모른다. 여자들은 강해지려 하고, 남자들은 여자들이 그런 능력이 있음을 알게 되었고, 엄마의 표현에 의하면 '남자들은 여자들 어깨에 올라타려고 한다'. 나를 키워준 것도 여자들이었다. 이모, 할머니 그리고 엄마의 여자친구들. 여자들이 백화점에 함께 가고 싶어하는 남자 아이가 있다. 내가 바로 그런 아이들 중 하나이다. 물론 내게도 남자 친구가 있다. 예를 들어서 막스가 있다. 막스에게는 아빠도 있다. 하지만 막스는 돌아이이다. 어른이지만 헝클어진 머리와 어깨에 사자 문신을 가지고 있는 돌아이이다. 그는 늘 천천히 그리고 확신에 차서 이야기를 한다. 비록 가끔은 말끝을 흐리기도 하지만 그건 큰 문제가 되지 않는다. 그것은 그가 라디오 방송국에서 일하는 것을 방해하지 않는다.

막스의 청소년 시절은 이미 오래전에 끝났다. 그는 지

금의 삶에 만족하고 있다.

그가 내 생일인 오늘 전화를 했다.

"어때, 생일 스트레스가 시작된 거야?" 그가 물었다.

"마이클 잭슨 뉴스 봤어? 내 생일인데."

"오, 맨. 그가 날짜를 잘못 잡은 거야."

"난 그가 살아있다고 봐. 사람들이 그와 이별을 하러 커다란 콘서트 홀에 모이면 누워있던 그가 벌떡 일어나 노래를 하고 춤을 추기 시작할 거야. 그의 월드투어 콘서트가 그렇게 시작될 것이라는 것을 난 백 퍼센트 확신해."

"말도 안 되는 소리 하지 마. 존 레논도 죽었고, 커트 코베인도 죽었어. 알고 있지?"

마이클 잭슨은 그렇게 다시 일어나지 못했다. 비록 금으로 장식되어 있는 관이지만 내 생각에 그 안은 텅 비어 있을 것 같다. 그는 어딘가 깊은 산골에 살면서 상황이 어떻게 변하는지 지켜보고 있을 것이다. 난 그를 이해한다. 그는 그럴 자격이 있다. 셀럽으로 산다는 것은 어려운 일이다. 셀럽이 된다는 것은 누군가의 메가폰이 되어야 한다는 것을 의미한다. 메가폰은 진실만 이야기할 수 없다. 사람들이 듣고 싶어하는 이야기를 해야 하기 때문이다.

오늘 엄마는 내 생일을 기념하고 싶어 했다. 하지만 난 그러고 싶은 마음이 없었다. 그래서 난 엄마에게 선물을 사지 말라고 말했다. 그렇지만 엄마는 노트북용 가방을 선물로 사왔다. 나는 생일 잔치를 하는 것을 좋아하지 않는다. 나는 대인기피증과 불안장애가 있는 소시오패스이기 때문이다. 사실 막스 외에는 올 사람도 없다. 게다가 마이클 잭슨에게 그런 일이 일어났는데……. 아무도 보고 싶지 않았다. 아침부터 나는 방 안에 앉아서 기차놀이세트를 가지고 시간을 보내고 있었다. 그것은 매우 커서 내 방의 거의 전부를 차지하고 있었다. 이 세트에는 기차역, 사람들 그리고 얼마 전에 심은 나무들도 있었다. 엄마가 케이크를 가져왔다. 난 갑자기 엄마가 불쌍하다는 생각이 들었다. 엄마는 이렇게 살 사람이 아니었다. 말투가 좀 어눌하긴 해도 엄마는 미인이다. 그런 여자들이 있다. 외모로는 여리게 생겼지만 실제로는 늘 싸울 준비를 하고 있는 복서 같은 사람. 엄마가 바로 그런 사람이다. 머저리가 우리를 버렸을 때 엄마는 파이터가 되어야만 했다. 엄마의 이름은 소피야이다.

그녀는 18살 때 나를 낳았다. 그렇기 때문에 때때로 우리는 잘 어울리는 한쌍처럼 보이기도 한다. 지금 엄마는 34살이다. 잡지사 편집자로 일을 하고 있다. 다른 사람의 오류를 고치고 온갖 재미있는 아이디어를 생각해 내야 한다. 때때로 나는 엄마의 머리를 금발로 염색해준다. 그러면 그녀는 내가 딸이기를 바랐다고 기억을 떠올렸다.

엄마가 좋아하는 문장이 여러 개 있다. 그것은 다음과 같다.

1. 다른 집 아이들은 그냥 아이야, 하지만 우리 아들은…… (그때 그때 기분에 따라서 문장이 만들어진다).
2. 외할아버지가 너를 봤다면 좋아하셨을 거야. 너랑 완전 붕어빵이야(이 말은 엄마가 지금 향수에 젖었고, 외할아버지를 추억하고 있다는 것을 의미한다. 외할아버지는 철도국에서 일을 하였다. 바로 그렇기 때문에 내가 장난감 기차를 좋아하는 것 같다).

3. 나 좀 잡아 줘(내가 여자친구와 있는 것을 처음 보았을 때 엄마가 한 말이다. 이것은 엄마가 놀랐다는 이야기이다.)!
4. 그래, 네 똥 굵다(이 문장은 외할머니가 자주 하셨던 말이었다. 내가 무언가 가르치려고 하면 엄마는 항상 이 문장을 기억해냈다).

나는 이전에도 그랬듯이 지구라는 별에 살고 있다. 어떤 부자집도 아니고 상트페테르부르크의 아주 평범한 집에서 산다. 내겐 물, 식품 그런 것들이 부족하다는 생각이 들지 않을 정도로 있다. 아니 먹을 것이 부족한 사람들이 이 세상에 있다는 것을 믿지 않을 정도로 충분히 있다. 하지만 나는 그런 내가 싫다. 그래서 나는 물건을 낭비하지 않으려고 노력한다. 하지만 아주 어렸을 때 나는 너무 무서워서 방마다 불을 켜 놓고 엄마가 오기만을 기다린 적이 있었다.

사람들이 이야기하길 내가 잘 생겼다고 한다. 원칙적으로 동의를 한다. 키는 제법 큰 편이고, 갈색 머리카락은 조금 긴 편이다. 나는 머리를 빗지 않는다. 왜냐하면 그냥 두어도 알아서 자리를 잡기 때문이다. 나는 놀라면 왼쪽 눈썹을 치켜든다. 가끔 나는 눈썹 중간을 면도하여 눈썹을 둘로 나눈다. 그것은 나를 건방져 보이게 한다. 외견상으로 나는 늘 기분이 나빠 보인다고 한다. 기분이 좋을 때조차도 그렇다. 하지만 나는 얼굴 표정을 멋있게 지을 수 있다. 나는 매력적이다. 조금은 거칠다. 중고등학교에서는 이것저것 찾아다니면서 활동을 하고, 대학교에서는 개그동아리나 뭐 그런 쓸데없는 것에 적극적으로 참여하는 아이들이 있다. 나는 그런 아이가 아니다. 그런 것은 내 스타일이 아니다.

생일날 나는 하루 종일 내 방에 앉아 있다가 잠깐 동안 작업을 해서 〈Neverland〉라고 쓴 푯말을 만들었다. 그리고 그것을 방문 반대쪽에 달아 놓았다.

"이건 또 뭐야?" 직장에서 돌아온 엄마가 화를 내며 말했다. "방 안을 기찻길로 채우는 것도 부족해서 이제는 이런 것까지 만들어 달아 놓는 거냐! 넌 도대체 언제 철이 들래? 그러니까 사람들이 네게 아빠가 필요하다고 이야기를 하지!"

사람들이란 사실 엄마의 친구 나타샤 또는 (그녀가 불

러 달라는 대로) 나텔 이모 한 사람을 가리키는 것이다. 그녀는 심리 상담을 한 결과 엄마의 머리에서 남자에 대한 편견을 깨끗하게 지워줄 수 있다고 생각하였다. 그녀는 커다란 흰색 가방을 들고 다녔는데 흰색 바탕에는 검은색 글씨로 〈I love Paris〉라고 쓰여 있었다(실제로는 〈Love〉 대신 빨간색 하트가 그려져 있었다). 내 여자친구였던 다샤는 그런 사람은 가능하면 피해야 한다고 말했다. 비록 나텔 이모는 몸매를 잘 유지하고 있었지만 임신한 그녀의 배는 이상한 모양을 하고 있었다. 그녀에게 히스테리라는 고객이 찾아오는 횟수가 많아질수록 그녀의 뱃속에는 쌍둥이, 아니 세 쌍둥이가 있을 것이라는 생각이 강렬하게 들었다. 그녀는 임신한 지 9개월이 이미 지났지만 여전히 아기는 나오지 않고 있었다. 사실 나는 나텔 이모를 별로 좋아하지 않는다. 하지만 그녀를 관찰하는 것은 가끔 재미를 준다. 그녀는 물건을 잔뜩 싣고도 여유롭게 물 위에 떠서 움직이고 있는 바지선을 닮았다. 나는 이런 바지선이 어떻게 물에 떠 있을 수 있는지 이해를 할 수 없다. 마찬가지로 나는 헤어핀들이 어떻게 나텔 이모 머리에 붙어 있는지 이해할 수 없다.

바로 이 고루한 나텔 이모가 본받을 만한 남자가 내게 필요하다고 엄마를 세뇌시킨 것이다(물론 난 그런 남자가 필요하지 않다고 하는 것이 아니다. 하지만 뭐 꼭 필요한 것은 아니다). 그 이후로 엄마는 마치 자신을 바겐세일이라도 하는 것처럼 이 남자 저 남자를 만나고 다녔고, 그들을 내게 소개시켜 주기도 하였으며 그들이 내 마음에 드는지도 물어보았다. 정신병자 나텔 이모는 또 다른 정기적인 행사를 만들었다. 그것은 바로 로마 외삼촌과의 낚시이다. 한 달에 몇 번이고 외삼촌은 남성답다는 것이 어떤 것인지 보여주기 위해 나와 함께 낚시를 갔다. 하지만 솔직히 말해서 남자다운 누군가가 필요한 사람은 나보다는 외삼촌이라는 생각이 들었다. 비록 정확하게 이유를 말할 수 없지만 나는 그가 어떻게 군생활을 했을까 놀라울 뿐이다. 그가 관심을 가지고 있는 것은 낚시와 꽃 이외에는 아무것도 없었다. 그것은 그의 작업복만 봐도 알 수 있다. 그리고 그는 아내가 바느질을 하는 것을 도와주기도 하였다. 아침에 토마토와 햄 그리고 탄산수를 챙겨서 하루 종일 밭에서 일하는 사람들이 있다. 로마 외삼촌이 바로 그런 사람이다. 아마도 그는 나하고 시간을 보내는 것이 마음에 드는 모양이다. 왜냐하면 그에게는 딸만 둘이 있기 때문이다. 외삼촌은 아들을 원했다. 그것을 표현하지 않았지만 말이다. 그렇기 때문에 나와 외삼촌은 마치 수요공급의 법칙에 따른 관계와 같았다.

엄마는 아빠를 대신할 사람을 쉽게 찾지 못했다. 엄마는 내가 엄마와 비슷하게 여성스러운 어떤 행동을 하기만 하면 사사건건 신경질을 냈다. 그럴 때면 엄마는 나를 멍청이라든가 웬수라든가 하면서 도망친 아빠를 기억해냈다. 그런 후에는 잔에 마티니를 따른 후 소파에 널브러졌다. 엄마는 마티니를 서서도, 앉아서도, 누워서도 마실 수 있었다. 가끔 엄마는 병째 나팔을 불기도 한다. 특히 〈The Killers〉라고 써 있는 늘어난 티셔츠를 입고 있는 날은 더더욱 그렇다. 이 티셔츠는 원래 내 것이었는데 엄마가 몰래 가져가서 입은 것이었다. 내 생각에 엄마는 〈The killers〉가 무엇을 의미하는지 모르는 것 같았다. 단순히 티셔츠 스타일이 그녀의 마음에 든 것이다. 아니 어쩌면 엄마는 자신감을 갖고 싶어서 이런 식으로 티셔츠를 입는 것은 아닐까?

엄마만 그런 것이 아니다. 내 생각에 사람들은 감정에 너무 많은 의미를 두는 것 같다. 어렸을 때 그들은 왕자와 12명의 난쟁이들에 대한 이야기를 수도 없이 읽으며 자랐다. 그리고 살아가면서 그것을 마치 눈뭉치처럼 계속해서 덧붙여간다. 사람은 살면서 자신의 경험을 애지중지하면서 키워 나간다. "여기서 우리가 산책을 했고, 여기서 함께 차를 마셨으며, 여기서 얼음 땡 놀이를 했으며, 여기가 바로 우리가 좋아하던 웅덩이야." 책과 신문에는 나머지 반쪽에 대해서 쓰고 있다. 둘이 되어야만 행복할 수 있다고 쓰고 있다. 몇몇은 감성적으로 느낀다, 마치 마지막 희망처럼. 하지만 이 희망은 오래가지도 그렇게 강하지도 않다. 그렇다. 세상은 감정이라는 것에 의해서 가볍게 변화한다.

그렇게 나는 살고 있지만 아빠는 여전히 없다. 아무도 나를 허리띠로 때리지도 않는데 내가 거칠게 굴거나 몸에 문신을 하거나 가출을 해야 할 필요는 없다. 아니면 엄마가 마티니 한 병을 마시고 스타킹을 벗어서 휘두르기라도 해야 할까? 씁쓸한 장면이다. 기찻길이 있는 방을 좋아하는 잘 우는 아들, 그리고 정신없이 새로운 남편을 찾아 헤매는 히스테리를 부리는 엄마. 나는 엄마에게 일부러 남자를 찾을 필요 없다고 이야기를 했다. 그렇게 하면 오던 남편감도 도망갈 것이라고 했다. 하지만 엄마는 멈추지 않았다. 이건 모두 그 바보 같은 나텔 이모 때문이다.

나의 미래에 대한 엄마의 이상한 생각은 앞에 이야기한 것과 별개로 엄마의 상상 속에서 만들어진다.

"그림은 무슨 그림! 네가 그린 그림들은 낙서 같은 거야. 너 정신이 어떻게 된 것 아니야? 어떤 화가를 좋아하는데? 어디 가서 배울건데? 어떤 화가가 될건데? 문화센터의 현수막을 그릴거냐? 네 아빠를 좀 봐! 음악가와 미술가는 절대 안 돼! 절대로! 난 널 예술가로 만들 능력이 없어!"

난 엄마가 잔소리를 하거나 말거나 신경쓰지 않고 계속해서 그림을 그렸다. 내 생각에 난 그림을 제법 잘 그린다. 나만 그렇게 생각하는 것이 아니다. 잡지 삽화가인 다샤의 아빠에게 나의 서툰 그림들을 보여주었더니 수준이 제법 된다고 잡지사에서 일을 해도 될 만하다고 하였다. 하지만 난 아직 어디 가서 계속 공부를 할 것인가를 생각하면서 장난감 기찻길을 방 안에 계속해서 만들어 나가고 있다. 방 안의 기찻길은 벌써 몇 층으로 이루어져 있으며, 밤에는 가로등이 불을 밝히고, 주민들은 도시 안을 거닐 수 있게 되었다. 엄마는 다니고 있는 잡지사에서 내가 일하는 것을 좋아하지 않았다. 첫째로, 삽화가는 남자의 일이 아니라는 것이다. 둘째로, 엄마는 자신의 아들을 위해서 청탁을 한다는 것에 대해 생각도 하지 않는다. 그렇게 되면 잡지사에 금방 소문이 돌 것이기 때문이다. '보라, 저 여자가 자기 아들을 밀어 넣었다.'고 말이다. 다른 사람들은 모두 그렇게 한다. 하지만 엄마만은 그렇게 하지 않는다.

여름은 여름이다. 사람들은 신이 나서 튀르키예로 태국으로 여행을 떠난다. 하지만 난 마이클 잭슨이 죽은 것이 마음에 들지 않는다. 그는 죽어서는 안 되었다. 이런 식으로 나의 청소년 시절을 끝내고 싶지 않다. 무언가 석연치 않다.

나텔 이모는 우리 집에 올 때마다 알아 두면 도움이 될 만한 심리치료에 관한 이야기와 뉴스를 전해주었다. 때로는 자신의 바보 같은 고객들에 대한 이야기를 하기도 한다. 그녀는 (그녀 자신이 말하듯) 연애 전문가이다. 그렇기 때문에 그녀는 자신이 연애에 대해 아주 잘 알고 있다고 생각한다. 그녀는 때로는 잡지를 펼친 채로 들고 와서 그것을 읽어 주기도 한다. 오늘은 다저녁때 와서 키르케고르의 책 《유혹자의 일기》를 내게 생일 선물로 주고는 우리의 흰색 소파에 널브러졌다.

"전문가들이 그러는데 사람에게 만족감을 주기 위해서는 일 초에 4~5센티미터의 속도로 쓰다듬어주면 된대. 말이 돼?" 마티니를 마시면서 그녀가 놀라는 표정을 지으며 말을 했다.

"아, 누군가 나를 쓰다듬어 주기라도 했으면……." 엄마가 한숨을 쉬었다.

"얘, 알렉스가 출장에서 돌아오면 바로 너한테 소개시켜 줄게." 나텔 이모는 야릇한 표정으로 쪽 소리를 내며, 체리의 씨를 뱉아냈다.

나는 두 여자를 지켜보는 것을 좋아한다. 내 생각에 그들은 우정을 나누는 것이 아니라 경쟁을 하는 것 같다. 누구의 피부가 더 좋은지, 누구의 엉덩이가 더 사과 같은지, 누구의 가슴이 더 큰지 뭐 그런 경쟁을 한다. 나는 여전히 이해 못하는 것들이다. 게다가 엄마는 나텔 이모가 때때로 자신의 속을 뒤집어 놓는다고 한다. 그런데 엄마는 왜 나텔 이모를 만나는 걸까? 나텔 이모는 볼때마다 항상 남자를 엄마에게 소개시켜 주려 한다. 엄마는 바보가 아니어서 엄마 스스로 충분히 찾을 수 있는데도 불구하고 말이다. 나텔 이모가 만든 〈남자 고르는 순서〉는 날 기가 막히게 만든다.

그것은 대략적으로 다음과 같이 만들어져 있다.

첫 번째 단계 - 나텔 이모가 엄마를 위해서 누군가를 찾아내거나 엄마가 찾은 남자에 대해서 나텔 이모에게 이야기를 한다.

두 번째 단계 - 둘은 어떻게 행동할 것인가에 대해서 논의를 한다. 특히 둘이서 이런저런 함정을 생각하는 것을 보면 웃음이 나온다. 그들이 제안하는 것을 모두 할 만큼 남자들이 그렇게 바보들인지 모르겠다.

세 번째 단계 - 엄마가 새로운 희생물을 데리고 식당이나 극장을 가서 이 남자가 엄마의 마음에 드는 타입인지 아닌지 알아본다.

네 번째 단계 - 만약 남자가 엄마의 마음에 들면 엄마는 우연을 가장해서 가까운 시간 안에 내가 그 사람을 만날 수 있도록 만든다. 엄마에게는 새 아빠가 될 사람이 내 마음에 드는 것이 중요하기 때문이다. 하지만 후보자가 엄마의 마음에 들지 않으면 무언가 이유를 만들어서 만나지 않는다.

계획은 이렇게 되어 있지만 아직까지 내가 만난 후보자는 없다. 나는 엄마에게 나를 신경 쓰지 말라고 이야기를 한다. 엄마의 삶이니 엄마가 알아서 했으면 좋겠다고 말했다. 하지만 엄마는 편집자이다. 엄마는 같이 일하는 모든 사람들에게 동의를 구하는데 익숙해 있다.

이 경우에는 후보를 나만 동의하면 된다. 재미있게도 내가 남자 전체를 대표하는 사람인 것이다.

마침내 나텔 이모가 돌아갔다. 나는 흰색 소파의 내 자리를 차지할 수 있게 되었다. 엄마는 커다란 샌드위치를 들고 부엌에서 나왔다. 나는 엄마를 째려보았다. 나텔 이모와 내 의견이 유일하게 일치하는 것이 있다. 그것은 바로 엄마가 밤에 아무것도 먹어서는 안 된다는 것이다. 안 그러면 살이 많이 찔 것이기 때문이다. 나텔 이모가 가자마자 엄마는 긴장이 풀린 것이다. 어쩔 수 없이 이 나쁜 칼로리를 내가 먹어야만 하였다. 엄마 대신 그것을 먹었다. 엄마를 위해서라면 무엇인들 못할까?

샤워를 하고 나오니 엄마는 제정신이 아니었다.

"누가 전화했는지 알아?" 엄마가 흥분한 모습으로 마티니 잔에 얼음을 넣으며 말했다.

"누가 전화했는데?"

"절대로 생각하지 못할 거야. 네 아빠야! 아들이 있다는 것을 기억해 낸 거야! 아니, 절대 그럴 수 없어!"

마티니 잔에서 물방울이 흰 소파에 떨어졌다.

"몇 년 만에 연락을 해서는 마치 아무 일도 없던 것처럼! 마치 그래야만 했던 것처럼! 머저리! 예전 그대로 머저리야!"

"왜 전화했는데?"

"네 생각엔 왜 전화했을 것 같아? 마침내 자기 잘못을 깨닫고 좋은 아빠 역할을 하고 싶은 거야. 글쎄 말이야 '내 아들을 위해서 내가 무엇을 할 수 있지?' 라고 기어 들어가는 목소리로 말하는 거야."

"그래서 엄마는 뭐라고 했어?"

"꺼지라고 했어. 원하는 대로 계속 돌아다니라고 했지. 나 좀 잡아 줘! 그가 말하길 널 공부시키고 싶다고 했어. 모스크바에서 말이야."

"좋은 제안이네! 난 아빠를 보고 싶어 하거나 그리워 한 적이 없는데도 아빠는 내게 그런 좋은 조건을 제시하다니……."

"혼자서 애써서 키워 놨더니 어느 날 짠 하고 나타나서 '내가 네 아빠다' 하면서 아이를 구덩이에서 꺼내 주는 영웅이 되겠다니. 정신을 차린건가! 레드 카펫을 깔아줘야 하는 거 아니야?"

"엄마는 어떻게 할건데?"

"내가 어떻게 해야 하는데?"

"몰라. 아빠와 이야기를 해야지. 어쩌면 정말로 정신을 차린 것일수도 있잖아."

"아하, 시작이군. 이제 너도 아빠와 한편이다 이거야?"

"엄마, 무슨 말이야. 엄마와 아빠 일에서 난 항상 엄마 편이었잖아. 엄마가 얼마나 힘들었는지 난 다 봤어. 엄마도 알잖아. 다만 아빠한테 무슨 일이 있었는지 알고 싶은 거야. 어쩌면……."

"어쩌면 뭐? 망령이 든 거야. 아마도 어떤 여편네가 그를 버리고 도망갔고, 아빠는 누군가 자기를 위로해 주길 바라는거야. 루저 같으니."

엄마는 마티니를 마셨다. 나는 엄마가 날 키우기 위해 학교에서 일을 한 후에 야간에 식당에서 서빙을 하였다는 것을 떠올렸다. 물론 엄마가 옳다. 아빠는 바보 같은 행동을 하였다. 그렇게 사라져 버리다니. 우리에게 전혀 도움도 안 주고 말이다. 난 아빠가 어떻게 생겼는지 기억도 나지 않는다. 나는 아주 가끔 내가 아빠를 조금이라도 닮았는지 알고 싶긴 하였다. 그렇다, 난 아빠를 원했다. 하지만 그런 식으로 행동하는 아빠는 아니었다. 처음에는 아빠가 내게 새해 선물을 보내주었다. 그러다가 소식이 완전히 끊어졌다. 나는 아빠가 보내준 비행기에 관한 책을 옷장 어딘가에 처박아 두었다. 더 이상 아빠를 기억할 만한 것은 아무것도 없다, 그의 유전자나 세포를 제외하고는. 하지만 나는 생물학에 대해서는 잘 모른다.

엄마는 너무 화가 나서 내가 잔에 마티니를 따른 후에 엄마와 함께 그것을 마시고 있다는 것도 전혀 알아차리지 못했다.

완전히 다른 남자와 여자가 어떻게 함께 사는지 이해할 수 없다. 어떻게 여자와 남자가 함께 살 수 있을까? 사랑하는 사람들이 서로 안고 여자가 포옹에 심취해 있거나 남자를 바라보고 있는데 남자는 어딘가 먼 곳을 바라보고 있는 것을 자주 목격할 수 있다. 바로 이런 것이 남자와 여자의 가장 큰 차이점이 아닐까? 그렇지 않을까?

나는 이러한 내 부모님의 삶이 내 삶을 망가뜨릴까 봐 걱정이다. 나는 그들과는 별개인 완전히 다른 사람이다. 내 미래는 어떻게 될까? 예를 들어 지금 나는 사람들과 관계도 괜찮고 모든 게 좋은 상황이다. 그런데 갑자기 집이나 직장에서 문제가 생기게 되면 나는 이 문제들을 해결하려고 하기보다는 아빠처럼 그렇게 훌쩍 떠나버릴까 봐 걱정이다. 물론 엄마는 내게 아빠를 대신할 사람을 찾아주려고 노력한다. 하지만 그렇게 찾은 사람이 진짜 아빠가 될 수 없다.

"싸샤, 넌 날 안 버릴 거지?" 엄마가 울면서 말했다.

"엄마, 무슨 말이야? 난 항상 엄마 곁에 있어, 안 그래?"

나는 여자들이 히스테리를 보일 때 어떻게 행동해야 하는지 잘 알고 있다. 중요한 것은 힘껏 안아주고 초당 4~5cm의 속도로 쓰다듬어 주는 것이다. 이는 학자들이 실제로 증명해낸 것들이다.

어쨌든 아빠가 내게 그런 제안을 준비했다는 것에 관심이 갔다. 나는 물론 동의하지 않을 것이다. 하지만 아빠가 왜 그런 제안을 했는지는 궁금하였다. 어쩌면 아빠는 하는 일이 잘 되어서 부자가 된 걸까? 아니면 아빠가 갑자기 엄마에게 돌아오고 싶어하는 걸까? 그럴 리가 없다. 물론 엄마도 원치 않을 것이다. 사실 그렇다면 꽤 재미있을 것이다. 열여섯 살이 되었을 때 갑자기 가족 모두가 모이게 되고 모두가 행복하게 살게 된다면 말이다.

"그만하자, 싸샤. 가서 자거라. 내일 로마 외삼촌하고 낚시를 가기로 했잖아. 충분히 자야 돼."

〈로마 외삼촌과의 낚시〉라는 이름의 전통은 어느 정도 싫증이 난 상태이다. 이것은 내가 열두 살이 되던 해에 시작된 것이다. 하지만 지금은 열여섯 살이다. 그런데도 난 엄마에게 이제 이 전통을 그만 두어야 한다고 말을 하지 못하고 있다. 엄마는 나를 위해서 자신이 할 수 있는 모든 것을 하려고 노력하고 있기 때문이다. 비록 로마 외삼촌은 팔자에 없는 커다란 아들의 아버지 역할을 해보는 것에 기쁨을 느낀다고 하더라도 애처롭기는 마찬가지다. 실제로 내게는 아주 자그마한 역할이 주어질 뿐이다. 그러니까 무언가 '남자'가 하는 일을 아주 잠깐 하고, 그림을 그리거나 방안에서 기차를 가지고 놀지 않는 것이 내가 하는 작은 역할이다.

아침에 로마 외삼촌이 나타났다. 외삼촌의 커다란 배는 곰돌이 푸를 연상케 한다. 아마도 타냐 외숙모가 먹을 것을 잘 챙겨주는 것 같다. 저녁 때면 두 사람은 항상 개와 산책을 한다고 한다. 하지만 산책으로 외삼촌의 튀어나온 배가 들어가지는 않았다. 엄마는 항상 그렇듯 이 로마 외삼촌에게 차를 따라 주었다. 그동안 나는 짐을 꾸렸다. 낚시 도구 중 가장 중요한 것은 외할아버지가 썼던 커다란 램프이다. 외할아버지가 내게 남긴 유물이었다.

"네가 외할아버지를 봤더라면……." 엄마는 내가 낚시용 바지를 입고 낚시대를 들고 집을 나서자 얼굴에 미소를 띠고 말하였다.

"병사, 준비되었나?" 곰돌이 푸가 물었다.

우리는 해안가에서 낚시를 했는데 장소가 마음에 들었다. 왜냐하면 우리가 자리를 차지한 곳에는 사람들이 거의 없었기 때문이다. 우리는 보통 주말에 와서 텐트를 치고 하룻밤을 지낸다. 물론, 모닥불도 피워 놓는다. 로마 외삼촌이 음유시인이 아닌 것이 다행이다. 그랬으면 사랑의 노래를 계속해서 불러 댔을지도 모른다. 로마 외삼촌이 없었다면 나는 어떻게 장작에 불을 붙여 모닥불을 피워야 하는지 알 수 없었을 것이다. 낚시에서 한 가지 내 마음에 안 드는 것은 바로 물고기를 죽여야 한다는 것이다. 그래서 나는 잡은 물고기를 놓아주었다. 로마 외삼촌은 그런 나의 행동을 마음에 들어하지 않았다. 외삼촌은 내게 "아이구, 그린피스 회원 나셨네."라고 항상 이야기를 하였다. 외삼촌은 자기가 잡은 물고기는 양동이에 담았다. 그리고 마치 커다란 조개껍질을 주운 어린아이처럼 그것을 자랑스러워하였다.

아니, 지금 나는 거짓말을 하고 있다. 정말로 나를 화나게 하는 다른 것이다.

로마 외삼촌은 토가 나올 정도로 깔끔을 떤다. 우리가 야외에 있음에도 불구하고 장작마저 열을 맞춰 똑바로 놓여 있어야만 한다. 내가 무언가 외삼촌의 마음에 들지 않게 행동을 하면 외삼촌은 "그만 둬."라고 이야기를 한다. 그리고 군대의 규율에 대해서 이야기를 시작한다.

"군대를 가면 말이다. 널 아주 제대로 가르쳐 줄 거다. 나는 군대를 갔다 온 것을 아주 잘 했다고 생각해. 요즘 젊은 친구들은 남자 같지 않아. 반은 여자 같아. 기간도 일 년밖에 되지 않는데 군대 가기를 두려워하지. 약해 빠져서 그래. 하지만 괜찮다. 내가 너를 가르쳐주마, 어떻게 행동해야 하는지! 언젠가 네가 이해를 하게 될 거야!"

타냐 외숙모와 딸들은 어떻게 참고 살까?

실제로 낚시를 하는 동안에는 담배는 물론 맥주를 마실 수도 없었다. 슬림형 담배를 가져와서 피우고 싶었지만 참아야 했다. 그럼에도 불구하고 로마 외삼촌이 나는 좋다. 외삼촌과 함께 있으면 마음이 편안해진다. 아마도 이것이 이상적인 가족의 모습이 아닐까? 외삼촌 가족 같은 모습 말이다. 나와 엄마의 모습이 아니라. 엄마는 항상 외삼촌 가족을 예를 들어서 말을 한다. 그리고 무슨 일이 생기면 로마 외삼촌에게 나와 이야기를 해줄 것을 부탁한다. 엄마는 항상 내가 새해를 어떻게 맞이할지에 대해서 걱정을 한다. 엄마는 내가 다른 아이들처럼 이 명절에 행복했으면 하는 마음이다. 누가 아이들이 새해 명절에 행복해야 한다고 했지? 평범한 어른들이 생각해낸 것이다. 나를 기쁘게 하기 위해서 엄마의 부탁으로 로마 외삼촌은 매년 새해마다[1] 두 개의 크리스마스트리를 샀다. 하나는 모범적인 자신의 가족에게, 그리고 다른 하나는 부족한 우리 가족에게. 아마도 크리스마스

---

1) 러시아에서 크리스마스는 양력 1월 7일이다. 이것은 러시아 구력에 따른 것으로 러시아 구력의 12월 25일이 바로 양력 1월 7일이기 때문이다.

리들도 모두 모범적인 가족에 가기를 원했을 것이다. 하지만 그들 중 한 그루는 우리 집에 와야만 하였다.

나는 언제부터인가 새해 명절이 끝나고 마당에 버려진 전나무들을 보면서 무섭다는 생각이 들었다. 어느 정도 시간이 지나면 화물차가 그것들을 어딘가로 싣고 갔다. 어쩌면 어딘가에 전나무들의 공동묘지가 있고, 거기에 모든 전나무들이 누워있는 것은 아닐까? 나는 그것을 보고 싶지는 않다. 사람들은 자신들이 하는 행동에 대해서 생각을 해야만 한다. 나는 이렇게 무심하게 밖으로 나와서 전나무를 던져 버리지 못할 것 같다. 지금은 더 이상 크리스마스트리를 전나무로 만들지 않는다. 우리 집에는 플라스틱으로 만든 전나무가 있기 때문이다.

하지만 아주 어렸을 때의 나는 매번 로마 외삼촌에게 전나무를 사달라고 졸랐다. 그리고 외삼촌은 나무가 불쌍하다고 이야기를 하면서도 내게 전나무를 사줬다. 나는 발을 동동 굴렀고, 외삼촌은 결국 전나무를 사주었던 것이다. 당시에 전나무를 치워야 하는 시간이 오면 나는 오랫동안 전나무를 치우지 못하게 했다. 왜냐하면 나는 전나무가 더 오랫동안 그곳에 서 있기를 바랐기 때문이다. 하지만 엄마는 전나무 잎들이 떨어져 내리게 되면 치워야 할 쓰레기가 쌓일 것이라고 하였다. 전나무가 쓰레기로 변한다는 것이다. 그때 나는 로마 외삼촌과 함께 집 근처에 있는 숲으로 가서 집에 있던 전나무를 살아있는 전나무 옆에 심어 놓았다. 그렇게하면 전나무가 살아있을 거라고 생각을 한 것이다. 내가 조금 더 컸을 때 로마 외삼촌은 혼자서 전나무를 버리러 갔다. 외삼촌이 전나무를 버리고 돌아올 때마다 나는 분명히 숲에 갔다 심었지? 버리지 않았지? 다른 전나무 옆에 심어 놓았지? 하고 물었다. 그는 고개를 끄덕였다. 하지만 이제 나는 그가 그렇게 하지 않았다는 것을 알고 있다. 아마도 집 뒤 어딘가에 버렸을 것이다. 한마디로 나는 그때 너무 어렸던 것이다.

나는 로마 외삼촌에게 아빠가 전화했다고 이야기를 했다.

"너는 어떻게 생각하냐?" 그릴 위에 있는 생선을 뒤집어 놓으면서 외삼촌이 조심스럽게 물어보았다.

"모르겠어. 아빠가 엄마에게 어떻게 했는지 알고 있지만, 도대체 어떤 사람인지 보고 싶기도 해. 난 아빠를 전혀 기억하지 못하거든. 오래된 사진들만 있을 뿐이야. 외삼촌은 아빠를 기억하고 있어?"

"물론 기억하고 있지." 외삼촌은 독한 담배를 꺼내 피우며 말했다.

"네 엄마를 홀렸지, 왕자라도 된 것처럼. 바이크를 타고 우리집에 와서는 엄마를 태우고 갔어. 헬멧도 쓰지 않고. 바보 같은 짓이지만. 그때 네 외할아버지가 흠씬 두들겨 패 주었어. 그런데도 포기를 하지 않았어. 외할머니는 소리소리 지르고 난리를 치며 반대했지. 네 엄마를 절대 집밖으로 나가지 못하게 하겠다고 하였지. 하지만 네 엄마는 몰래 도망을 갔어. 사랑이란 그런 거야. 난 처음엔 그런 네 아빠가 마음에 들었어. 멋있잖아. 바이크를 타고. 그래서 난 네 아빠를 믿게 되었어. 집에도 오게 되었어. 비록 네 외할아버지하고 외할머니 마음에는 들지 않았지만 말이야. 하지만 두 분은 참아야만 했어. 네 엄마가 그가 없으면 안 된다고 했거든. 한번 둘이서 도망을 친 적도 있었고. 그때 두 분이 너무 놀랐던 거야. 결혼식 날 둘은 바이크를 타고 나타나서 멋진 모습으로 결혼을 했어. 네 엄마는 하얀 드레스를 입었고, 네 아빠는 청자켓에 청바지를 입었지. 그 다음에는 무슨 일이 있었는지 난 몰라. 네 아빠는 네 엄마를 버렸고, 너를 버렸어. 그리고 어디론가 사라졌어. 네 엄마는 이혼 신청을 했어. 재판을 하게 되었어. 양육비는 코딱지만큼이지만 문제는 산더미 같았지. 나는 네 아빠와 우연히 길에서 마주쳤어. 그때 네 아빠는 아직 젊었어. 그때 나는 그에 대해서 내가 생각하고 있는 모든 것을 이야기해주었어. 하지만 그는 아무런 변명도 하지 않았어. 나는 그가 멍청이 중의 멍청이라고 이해했어. 그래서 어떻게 되었냐고? 그는 모든 것을 잃어버렸어. 너도 네 자신의 가족을 갖게 되면 이해하게 될 거야."

"난 절대 그런 전철을 밟지 않을 거야, 외삼촌."

나는 모닥불의 장작을 뒤적이며 아빠에 대해서 생각했다. 그리고 결코 자신의 가족을 버리지 않겠다고, 아니 최소한 생활비는 꼭 부쳐줄 것이라고 생각했다.

"아빠와 이야기를 하고 싶어?" 곰돌이 푸가 내 쪽을 향해서 푸르릉거리며 말했다.

"그랬으면 좋겠지만, 엄마가 허락을 안 해줘. 엄마 성격 잘 알잖아."

"하고 싶은 이야기가 있는 거야? 네 아빠는 무슨 말을 할까?"

"아니야. 그냥 아빠를 이해를 할 수 있다는 거야. 하지만 모르겠어. 아빠를 만나고 싶다가도 어렸을 때 엄마가 밤늦게 집에 돌아와서 식당에서 먹다 남긴 음식들을 펼쳐 놓고 작은 잔치를 매일 벌였던 것을 기억하면 아빠를 전혀 만나고 싶지 않기도 해."

나는 담배를 피우고 싶어졌다. 하지만 로마 외삼촌은 분명히 허락하지 않을 것이다. 그래서 난 모닥불의 연기를 들이마시는 것으로 대체하였다.

"그가 무슨 말을 할까? 이제 와서 자기에게 유리하게 너를 설득하며 이야기를 할 거야. 넌 엄마를 혼자 남겨 두지 말아라. 엄마가 너를 키웠다는 걸 기억해."

"나도 알아, 외삼촌."

여름이 이제 비껴가고 있었다. 나는 〈열두 명의 서로 다른 사람들〉이라는 연작 그림을 끝내고 싶었다. 나는 다샤의 여자친구 한 명을 더 그려 넣었다. 막스는 그렸고, 엄마를 그리려고 하였지만 그만두었다. 대신 마이클 잭슨을 그렸다. 그리고 그 그림을 문에 걸어 놓았다. 이야기하길 앤디 워홀이 그린 마이클 잭슨의 초상화가 경매에 나왔다고 한다. 뭔 상관인가 내겐 나만을 위한 그의 초상화가 있다.

　나는 마이클 잭슨의 노래를 특별히 좋아한 것은 아니다. 다만 그는 어딘가 멀리 있었지만 늘 함께 있었다는 느낌이다. 멀리서 어렴풋하게 보이는 정도라고 할까! 그가 죽었다는 소식을 들은 후 나는 그의 생애를 찾아보았다. 그의 인터뷰 기사를 보았고, 하루 종일 앉아서 그의 음악을 들었다. 사실 역사라는 것은 수천 년 동안 반복되는 것이다. 사람들이 다른 사람을 비방하는 방법은 역겨울 정도다. 이제 그의 〈네버랜드〉를 토막토막 산산히 분해할 것이다. 마이클 잭슨도 낚시를 했을까? 갑자기 궁금해졌다.

내게 어떤 아빠가 필요할까 생각해 보았다. 음, 그냥 이상적인 경우라고 한다면 물론, 마이클 잭슨이다. 하지만 그는 더 이상 존재하지 않는다. 어쩌면 그는 그냥 자취를 감추고 숨었고 몇 년 뒤에 나타날지도 모른다. 하지만 내겐 지금 당장 아빠가 필요하다. 엄마가 데리고 온 후보들은 대체적으로 하나 같이 멍청했다. 나는 생각을 감추지 않고 엄마에게 말했다.

"엄마, 왜 그런 멍청이가 엄마한테 필요한거야?"

나는 막스와 함께 시간을 보내는 것을 좋아했다. 그가 나보다 나이가 많기 때문이다. 그는 서른 살이었다. 나는 내 또래의 아이들 중에는 친구라고 할 정도로 특별히 친하게 지내는 아이가 없다. 나는 내 나이 또래의 아이들이 하는 이야기에 관심이 없다. 누가 최신 폰을 가졌는지, 얼마나 많이 어떤 자세로 누구와 키스를 했는지, 누가 더 멋진 자전거를 가졌는지 등등. 이런 식의 경쟁에 웃음만 나올 뿐이다. 하지만 나는 막스와 공통의 관심사인 영화에 대해서 많은 이야기를 주고받는다.

실제로 우리는 〈미래의 영화 감독을 위한 교육과정〉을 다니면서 만났다. 그때 그는 미국 어딘가에서 막 국내로 돌아와서 단편 영화를 만들 팀원을 모집하고 있었다. 난 바로 가입을 하였다. 왜냐하면 그가 마음에 들었기 때문이다. 처음에 엄마는 우리를 전혀 이해하지 못했다. 성인 남자 같은데 내 어린 아들한테 원하는 것이 무엇일까 궁금해하였다. 하지만 시간이 지난 후 엄마는 그와 인사를 나누었고, 그는 우리 집에 자주 놀러 오기 시작하였다.

한마디로 막스는 브라이언 애덤스를 닮았다. 브라이언 애덤스와 마찬가지로 허스키한 목소리에 키도 컸다. 다만 검은 색의 머리와 수염을 가진 것이 다를 뿐이었다. 막스에게는 사자 문신이 있었는데 그 자신이 문신속 사자와 비슷하게 생겼다. 그는 약간의 미국식 액센트로 영어 단어를 섞어가며 말을 하였다. 그는 자신이 집에서 어떻게 도망쳐 나왔는지, 그의 아버지가 이 문신에 대해서 얼마나 야단을 쳤는지, 그리고 그의 주변에 있는 여자들에 대해서도 이야기를 해주었다.

엄마는 내가 어디를 가든 그와 함께라면 허락해 주었다. 그런데 나텔 이모는 그를 보자마자 무언가 이상하다고 하면서 조심하라고 말해 엄마의 마음을 불안하게 했다. 그러자 엄마는 내가 그와 함께 외출 하는 것을 막았으며 그를 경계의 눈으로 쳐다보기 시작했다. 그러나 그는 우리 집에 자주 놀러 왔다. 때때로 내가 집에 없을 때에도 놀러 와서는 엄마를 도와 가구나 옷장을 옮기기도 하였다.

막스는 흰색 양말을 신고 다니며 자신이 영화 감독이라는 것에 심취해 있었고, 지금은 단편 영화를 찍고 있다. 그는 쉬지 않고 계속해서 짧은 영상들을 만들어냈으며, 나는 그와 함께 영상을 촬영해서 유튜브에 올리기도 하였다.

오늘 나는 막스와 함께 옷을 사러 갔다. 나는 청바지 하나와 두 장 정도 티셔츠를 사고 싶었다. 막스는 로마 외삼촌이 낚싯바늘에 꽂을만한 지렁이를 잘 골라내듯이 옷을 고르는데 탁월한 능력이 있었다.

"컴 온! 멋진 청바지를 사러 가자!" 오늘 막스는 기분이 좋았다. 결국 엄마도 그런 그의 업 된 기분에 저항할 수 없어서 우리가 함께 외출하는 것을 허락하였다. 물론 오토바이를 탈 때 헬멧을 착용하라고 말하는 것도 잊지 않았다.

막스는 미국의 다양한 록 음악 디스크들을 가져왔는데, 난 그 음악들이 너무 좋았다. 나는 휴대폰이나 컴퓨터를 통해서 음악을 듣는 것을 좋아하지 않는다. 하지만 디스크로 음악을 듣는 것은 전혀 다른 이야기이다. 음악은 이해하고 들어야 한다. 사실, 그가 아니었다면 나는 그렇게 많은 재즈음악과 이제는 전설이 된 음악가들을 알지 못했을 것이다. 그런 설명을 해주는 아버지가 생긴다면 좋겠지만 엄마는 그런 스타일의 남자에 전혀 관심이 없었다. 그녀는 양복이 잔뜩 걸린 옷장을 소유하고 비즈니스와 트랜드에 대해서 이야기하는 사람에게만 눈길을 돌린다.

막스와 함께 산책을 하며 우리가 찜 해 놓은 록 카페에 가는 것을 나는 너무 좋아했다. 그곳의 사람들은 모두 막스를 알아보고 인사를 나누었다. 나도 그 사람들의 기억 속의 한 사람이 되었다. 물론 막스와 같은 권위는 없다. 막스는 그곳에서 일하고 있는 여종업원들을 내게 소개시켜 주려고 끊임없이 노력하였다.

"싸샤, 컴 온, 너 열여섯 살이 되었지. 그런데 여자하고 사귀어 보기나 한 거야?" 그는 평소와 같이 냉소적인 투로 말했다.

"막스 형, 장난치지 마. 당연히 사귀어봤지. 남들처럼 말이야. 그런데 열이면 열 모두 섹스에만 관심이 있더라고. 내 생각에 남녀 관계는 섹스보다 더 중요한 것이 있는데 말이야."

"맨, 좋은 여자를 못 만나서 그래. 저쪽을 봐. 올가라고 해. 멋진 친구야. 네게 소개시켜 줄 수 있어. 늙은 바이킹만의 생각이 아니야."

이 말의 의미는 그 여자에게 특별한 매력이 있다는 이야기이다.

"막스 형, 됐다니까." 그의 소개팅 제안이 나를 괴롭히기 시작했다.

나는 때때로 무성애자가 되고 싶었다. 아니면 아예 성

을 가지고 있지 않은 사람이 되고 싶었다. 나한테서 뭘? 가족이라니! 무성애 운동이라는 것이 있다는 이야기를 들었다. 인터넷을 뒤져봐야겠다. 그들이 어떤 말을 하는지 알고 싶다. 나의 경우에 이러한 나의 성향은 내가 유치원에 다닐 때 여자아이들과 남자아이들 모두 거의 알몸으로 벗겨진 채 의사의 검진을 받았을 때부터 시작되었다. 내가 모르는 어른이 내 알몸을 보는 것 그리고 무언가를 연구하는 것에 난 기분이 나빴고 불쾌했다.

"오, 맨. 너 완전히 땀을 뻘뻘 흘리고 있구나, 왓츠 업?" 막스가 우리가 원래 하던 대화로 돌아왔다.

"아빠가 나타났다고 말했잖아? 난 늘 아빠가 나타나면 어떻게 할까 생각했는데 바로 그런 일이 일어난 거야. 엄마는 계속해서 울고 있어."

"두 사람이 알아서 하라고 해. 당분간 넌 끼어들지 마. 그냥 보고만 있어. 마음을 단단히 먹고. 한 마디로 남자에게는 세 가지 중요한 법칙이 있어. 난 그걸 오래전에 깨달았어. 첫째로, 다른 사람을 이기려면 얼굴에 미소를 짓고 네가 그들보다 더 많이 알고 있는 것처럼 보여야 해. 그게 일종의 PR이지. 셀프-프로모션. 예를 들어서 나는 더 똑똑하게 보이려고 침묵을 해. 그냥 침묵하는 게 아니라 조용히 침묵을 해. 몇몇 사람들은 너무 큰 소리로 침묵하기 때문에 모두가 알아 차리지. 그런 경우에 멍청하게 보이는 거야. 두 번째로, 나는 내 생각을 이야기할 때에는 상대편의 눈을 똑바로 쳐다보면서 망설이지 않고 이야기해. 예를 들어서 너를 이렇게 똑바로 쳐다보면서 '넌 숙맥이야'라고 말하는 거야. 세 번째, 난 항상 진실만을 이야기해. 거짓말을 하는 것처럼 하면서 진실을 이야기하지. 유 씨? "

"아이 씨. 아이 씨."나는 막스를 흉내내며 말했다. 막스는 벌써 두 번째 담배를 피우고 있었다.

"사실 난 모든 걸 이해해. 하지만 현실에서는……. 사실 난 내가 겁쟁이가 아닐까 생각해. 난 아빠가 갔던 길을 내가 좇을까 봐 겁이 나, 이해하겠어? 어떻게 설명해야 할지 모르겠어. 업보 아니면 유전 뭐 그런 거 있잖아."

"맨." 막스가 해골 모양의 재떨이에 담배를 비벼 끄며 말했다.

"네가 가지고 있는 모든 문제는 네 머릿속에 있어. 유 노우? 그 스터프(stuff)들은 좀 그만 생각해. 만약 네가 말한 것처럼 그렇게 된다면 세상은 지옥의 불길에 휩싸이게 될 거야. 하지만 지금 우리는 이렇게 산책을 하고 있잖아. 그리고 네게 맞는 좋은 옷을 고를 생각을 하고 있잖아. 컴 온!"

"막스 형, 조그마한 부탁이 하나 있어. 난 정말 그림을 그리고 싶어. 물론 엄마는 화를 내며 소리를 지르겠지. 하지만 좋은 결과를 보게 되면 그런 히스테리는 사라질 거야. 내 말은 만약 누군가에게 일러스트가 필요하다면, 광고를 하거나 쇼케이스를 만들어야 할 일이 있다면 나를 소개시켜 달라는 거야. 알겠어?"

"당연하지, 싸샤." 그는 잠시 생각을 하더니 머리결을 고친 후 계속 말했다. "바로 연결해줄게."

막스는 내 방에서 마이클 잭슨의 초상화를 봤다고 하면서 그걸 가지고 오라고 하였다. 만약 사장님 마음에 든다면 카페에서 그 그림을 구입하려 할 것이라는 말도 덧붙였다. 믿기지 않았다.

나는 기쁜 마음으로 집에 왔다. 그런데 엄마는 나의 기쁨을 함께 나누지 않았다. 왜냐하면 또다시 그 머저리가 전화를 했기 때문이다.

"그러니까, 싸샤." 엄마가 차분한 목소리로 말했다. "집전화를 더 이상 받지 말자. 아니, 그냥 전화를 없앨까? 우리한테 전화할 사람들은 모두 휴대폰으로 하잖아. 우리에게 전화할 사람도 없잖아. 집전화 벨이 울려도 받지 않겠다고 내게 약속해 줘."

"알겠어, 엄마. 그런데 엄마는 아빠와 이야기를 좀 해야겠다는 생각은 안 한 거야?"

"아니! 절대로 그럴 일은 없어!"

엄마의 대답은 이 주제에 대해서 더 이상 이야기하는 것이 무의미하다는 뜻이다.

나는 엄마와 다른 주제에 대해서 이야기를 하고 싶었

다. 나는 엄마에게 내가 아빠의 운명을 반복할까 봐 겁을 내고 있다고 말했다. 실제로 이것은 내가 여자아이들을 그냥 친구로만 사귀고 여자친구로 만들지 않는 이유이기도 하다. 물론 소위 이야기하는 러브스토리가 있긴 했다. 하지만 일반적인 그런 것과는 달랐다. 나는 항상 내가 그들을 버릴 것이라는 생각을 하고 있었는데 바로 그 부분이 내 마음에 들지 않았다. 그러자 엄마는 나텔 이모에게 좋은 심리 치료사를 소개해달라고 전화를 하였다. 나텔 이모도 사랑에 관한 전문 심리 치료사였지만, 그녀는 내게 오두반치코프라는 남자 심리 치료사를 소개시켜 주었다. 아마도 루저인 아빠의 빈자리를 채워주기 위한 시도인 것 같다. 물론 난 이러한 생각을 좋아하지 않는다. 사실 난 이 문제를 스스로 해결할 수 있다고 생각한다. 그렇다, 막스가 도와줄 것이기 때문이다. 그는 남자들의 세계를 잘 안다. 하지만 난 그 오두반치코프에게 가야만 하는 운명이 되었다. 어쩌면 진짜로 도움이 될지도 모른다. 그렇지 않더라도 최소한 엄마를 만족시켜줄 수는 있을 것이다.

그래서 난 심리 치료사를 만나러 갔다. 전에 나는 정

신적으로 문제가 있는 사람들만 이러한 상담을 하러 간다고 생각하였다.

치료 센터는 아주 훌륭했다. 사람들은 거의 없었다. 다만 내 심리 치료사가 먼저 온 고객 때문에 좀 늦어지고 있었다. 나는 이미 의사이기보다는 환자처럼 생긴 '닥터 하우스'가 문을 열고 나올 것 같은 상상을 하고 있었다. 내겐 문 앞에 앉아서 기다리라는 명령이 내려진 상태였다.

안에서는 남자의 목소리와 낮게 깔린 여자의 목소리가 들렸다. 아마도 나이든 노파가 의사의 뇌를 파먹고 있는 것 같다. 하지만 십여 분이 지난 후 그곳에서 나온 사람은 두 눈이 촉촉해진 아리따운 아가씨였다. 그녀는 나를 응시하였고, 나는 무엇 때문인지 무릎을 양 옆으로 더 활짝 벌리고 앉았다. 여자는 근처에 앉아서 옷매무새를 정리하고 있었다. 그럼 그렇지. 여자들은 울어서 부은 눈과 화장이 지워진 상태로 밖으로 나갈 수 없다.

닥터 오두반치코프는 진짜로 환자처럼 행동을 하였다. 그의 몸동작은 신경질적이었고, 상담하는 동안 절반 정도는 히스테릭하게 웃고 있었다. 그는 자신의 지

식으로 나를 질식시키려고 하였다. 하지만 나는 바보 같은 온갖 질문을 퍼부어서 그에게 틈을 주지 않았다. 그가 말하길 내 삶의 방향성이 아빠로부터 물려받은 것이기 때문에 그것으로부터 탈출해야 한다고 하였다. 대단하다, 그걸 발견해내다니! 내가 그걸 몰랐을까? 가끔 나는 그들에게 돈을 지불하는 이유를 전혀 모르겠다. 심리치료사들은 우리가 다 알고 있는 것을 이야기할 뿐이다. 다만 우리에게는 확신이 조금 부족할 뿐이다. 그는 엄마에게 나와 아빠를 비교하지 말라고 이야기하라고 했다. 그런 행동은 나에 대한 아빠의 영향력을 더 키워줄 뿐이라고 하였다. 그러니까 나를 바보 같다느니, 결단력이 없다느니 하면서 엄마는 끊임없이 내게 아빠에 대한 생각을 하게 만든다는 것이다. 하지만 아빠가 내 아빠인게 내 죄란 말인가? 그리고 본능적으로 내가 아빠처럼 행동하게 되는 것이 내 죄인가? 그의 말을 한마디로 정리하자면 엄마는 표현을 조심해서 해야 하며 나는 너무 자주 아빠에 대해서 생각을 하지 말아야 한다는 것이었다.

상담실에서 나왔을 때 울었던 그 여자가 여전히 그곳에 앉아 있었다. 하지만 이제 기분이 나아진 것처럼 보였다.

"처음이야?" 그녀가 내게 물었다.

"어…….어." 나는 관심 없다는 투로 작은 소리로 말했다. "그리고 마지막이길 바라. 내 생각에 저 사람 마친 것 같아."

"아니야, 오두반치코프 선생님은 좋은 심리 치료사야. 내게 큰 도움이 되었어."

"성이 그게 뭐야? 오두반치코프? 그러니까 민들레라는 거 아니야?" 나는 말을 한 후 출구로 향했다.

"내 이름은 제냐야." 그녀가 말했다. 그리고 내 뒤를 따라왔다.

"난 싸샤야."

나는 심리치료센터 앞에서 여자와 인사를 나눈 적이 없었다. 멋진 시작이다! 오두반치코프 의사의 두 환자, 정신병을 가진 남자와 히스테리를 부리는 여자. 베로나의 로미오와 줄리엣이 휴식을 취하고 있다.

"너 기분이 나쁜거야?" 나를 쫓아서 밖으로 나온 그녀가 물었다.

"아니, 그냥 좀 우울해." 한낮의 햇살 아래에서도 그녀는 괜찮아 보였다.

"너, 내가 뭐 이상한 여자라서 너한테 추근거린다고
생각하지 마. 그냥 네가 궁금해서 그러는 거니까."

"맘대로. 나도 정신병자가 아니야. 엄마가 날 강제로
이곳으로 보낸 거야. 엄마는 내가 머릿속에 생각을 쌓아
놓지 않길 바란 거야."

"평범한 날이었어. 어린이집 식당에서는 항상 그렇듯
이 점심을 준비하고 있었어." 그녀가 옛날이야기를 들려
주듯 시작하였다. 아마도 그녀는 아주 세세하게 표현하
는 것을 좋아하는 것 같다. 하지만 동시에 그 이야기가
그녀에게는 아픔인 듯하였다. 나는 그녀가 그 이야기를
이미 여러 번 사람들에게 했다는 것을 짐작할 수 있었
다. 왜냐하면 몇몇 문장은 외우지 않고는 그렇게 부드럽
게 말을 할 수 없기 때문이다.

"어떤 사람은 양파를 까고 있었고, 어떤 사람은 빵을
자르고 있었어. 발랴 아줌마는 당근 껍질을 벗기고 있었
어. 발랴 아줌마는 식당에서 가장 중요한 사람이었어.
바로 그녀가 우리 모두에게 점심을 먹으라고 이야기를
하거든. 그녀가 부르지 않으면 아무도 식사를 할 수 없

었어. 그런데 그날 나는 배가 아주 많이 고팠어. 나는 더 이상 참지 못하고 식당 안으로 들어갔어. 탁자 위에는 이미 음식이 놓여 있었어. 식빵이 놓여 있었고, 부드러운 롤빵도 있었으며, 과일 쥬스도 놓여 있었어. 나는 식빵 한 쪽을 먹어도 아무도 눈치채지 못할 것이라고 생각했어. 하지만 나의 의도를 알아챈 발랴 아줌마는 곧바로 나를 따라 식당으로 들어와 소리쳤어. 그녀가 너무나 큰 소리로 "안돼!!!! 아직 식당으로 오라고 하지 않았어!"라고 말하는 바람에 난 내 머리가 터지는 줄 알았어. 난 놀라서 아이들이 모두 낮잠을 자고 있는 침실로 뛰어가서 울었어. 나는 물론, 점심을 먹으러 가지 않았어. 모두가 차례로 내게 다가와서 점심을 먹으라고 했지만 나는 아무하고도 이야기하지 않았어."

바로 그때 우리는 차도를 건너야 했고, 제냐는 말을 잠시 멈추었다. 차도를 건넌 뒤 제냐는 멈추었던 이야기를 이어서 하기 시작했다.

"나는 말을 안 하게 되었어. 바로 그날 이후로 나는 엄마 그리고 아빠, 언니 그리고 단 한 명의 여자친구 외에는 그 누구와도 이야기를 하지 않았어. 사람들은 당혹스러워 하였어. 엄마가 나를 데리러 어린이집에 오면 선생님은 내가 하루 종일 한 마디도 하지 않았다고 이야기를 해주었어. 그렇게 나는 초등학교에 들어갈 나이가 되었어. 나는 머리가 나쁜 편이 아니었어. 하지만 나는 아무하고도 이야기를 하지 않는 바람에 몇몇 사람들은 내가 정상이 아니라고 생각을 하였어. 나는 집 근처에 있는 학교에 엄마와 함께 갔어. 그곳에서 구겨진 양복을 입은 근엄한 표정의 남자를 만났는데, 그 남자에게서 고소한 수프 냄새가 났어. 처음에 그 남자는 내게 노래를 해 보라고 했고 다음에는 이상한 숫자들을 세어보라고 하였어. 나는 아무 말도 하지 않았어. 난 그 사람에게 아무 말도 하고 싶지 않았거든. 내 머릿속에는 '이 사람은 방금 식당에서 돌아왔으며, 그곳에서 수프를 먹었으며, 수프 그릇에 양복을 빠뜨렸으며, 이제는 다 말랐구나.'라는 생각밖에 없었어. 그리고 그의 머리에서도 역시 음식 냄새가 났어. 볶음밥 냄새였어. 난 확신할 수 있었어. 그는 기름기가 남아 있는 입술을 연신 손수건으로 닦으며 안절부절못했어. 아주 혐오스러운 모습의 아저씨였어. 말을 하지 않는 아이는 아무에게도 필요하지 않다고 하며 나를 학교에 입학시켜주지 않으려고 하였어. 내가 다른 아이들보다 빨리 책을 읽을 수 있고 글자를 쓸 수 있다고 해도 말이지. 물론 나의 부모님은 학교에 강력하게 항의를 하였어."

나는 어떻게 몇 년 동안 이야기를 하지 않고 살 수 있을까 하고 그 심정을 이해해보려고 했다. 아마도 이 여자는 놀라운 상상력이 있고, 상상한 것들을 머릿속에 그리고 있었을 것이다. 아이가 아무하고도 이야기를 하지 않을 때 또 뭘 할 수 있을까? 물론 아이는 자신만의 세계를 상상하게 될 것이다. 해가 갈수록 이 세계는 점점 커지게 되고 현실과 상상의 세계의 경계선은 오렌지 알맹이들을 감싸고 있는 막처럼 아주 얇아지게 된 것이다.

"그 다음에 어떻게 되었어?"

"결국 난 학교를 다니게 되었고, 니나 알렉산드로브나 선생님이 담임이 되었어. 그녀는 거의 매일 남아서 나와 단 둘이 수업을 해주었어. 그래서 나는 조금씩 말을 하기 시작했어. 하지만 아주 가끔씩이었어. 그것도 그녀 이외에는 이야기를 하지 않았어. 그런데 나는 다른 학교로 전학을 가게 되었어. 전학을 가게 되면, 이제 나의 증세는 끝날 줄 알았는데 그게 아니었어. 난 전과 마찬가지로 다른 사람과 대화하는 것이 두려웠어. 수업 시간에 선생님이 내게 무얼 물어보면 나는 대답을 하지 않거나 울었어. 그렇게 5학년까지 다녔어. 영어만 간신히 배울 수 있었어. 영어는 내게 쉬운 편이었어. 난 항상 숙제를 다 했어. 하지만 내게 외운 텍스트를 이야기하라고 하는 순간, 내 눈에서는 눈물이 흐르기 시작했어. 선생님은 어떻게 해야 할지 몰라 했고, 차츰 내게 질문하는 빈도를 줄여 갔으며, 마침내 거의 질문을 하지 않게 되었어. 아마도 선생님은 내 정신이 어떻게 된 것이라고 생각했을 거야. 그래서 나와 엮이지 않는 게 좋다고 생각한 것이지. 교실에서도 난 아무하고도 내화를 하지 않았어. 몇몇 애들은 나와 이야기하려고 노력했지만 아무 소용없었어. 난 아무에게도 대답을 하지 않았어. 결국 아이들도 더 이상 노력을 하지 않게 되었어. 이제 넌 내가 왜 너와 이야기를 하는지 알겠지?"

"오랜 기간 동안 말들이 쌓인 거야?"

"사실 난 태어나서 처음으로 소심함을 이겨내고 다른 사람과 대화를 하려고 노력하고 있는 거야. 난 그림 그리는 것뿐만 아니라 잡지사 일도 해. 다 다른 사람들과 대화하는 방법을 배우려고 그러는 거지.”

“그러니까, 넌 그 어려운 것을 극복했다는 거네. 안 그래?”

“아니야, 그러니까 난 두려움이 생각나지 않도록 노력하고 있는 거야. 좋아, 다 왔네. 여기가 우리 집이야.”

한편 우리 집에서는 아주 흥미로운 일이 벌어지고 있었다. 평상시에는 집에 도착해서 벨을 누르면 엄마가 있으면 문을 열어주고 없으면 문을 안 열어주었다. 집에 도착한 나는 벨을 눌렀지만 아무도 문을 열어주지 않았다. 난 열쇠로 문을 열고 들어가려고 했다가 내 눈을 의심했다. 엄마와 막스가 비틀즈 음악에 맞추어 춤을 추고 있었으며, 베개싸움을 한 흔적이 있었다. 도대체 무슨 일이지? 난 이런 광경을 본 적이 없었다. 집으로 돌아온 나를 본 두 사람은 조금 당황스러웠겠지만, 아무렇지도 않은 척했다. 내가 지금 상상을 하는 건가 아니면 그냥 그렇게 보이는 걸까? 하지만 지금 이 순간 누구보다도 내 생각을 사로잡은 것은 제냐였다. 그리고 나는 제냐에 대해서 막스에게 이야기해주고 싶었다.

"어떻게 생각해, 걔 완전히 미친거지? 그렇게 오랫동안 말을 하지 않다니." 나는 내 방에 둘만 있게 되었을 때 막스에게 물었다.

"맨, 넌 열여섯 살에 하루 종일 장난감 기차를 가지고 노는 자신이 정상이라고 생각하는 거야?"

"난 그냥 좀 까다로울 뿐이야. 참, 마이클 잭슨 초상화를 록카페에 가져다주었어. 고마워, 막스 형."

"천만에, 브로." 그가 내 손을 잡았다. "컴 온, 잘 될 거야. 만약 그 일이 네 것이라고 생각된다면 그림을 더 그려. 네가 네 인생의 주인이야. 다른 것은 생각할 필요 없어! 네 제냐는 어떤 아이냐? 예뻐?"

"난 지금 진지하단 말이야. 장난 그만 해. 난 지금 어떻게 해야 하나 생각 중이야. 제냐는 17살이야. 난 그건 아무 문제 아니라고 생각해. 하지만 겁이 나."

"음, 첫번째 관문이 시작되었군. 머릿속이 뒤죽박죽이지. 맨, 행동을 해야 해!"

막스는 난폭한 사람이다. 그렇다. 정확히 말하건대 막스는 난폭한 사람이다. 예를 들자면, 그는 포장지를 찢어서 여는 사람이다. 하지만 나는 바보처럼 천천히 묶여 있는 끈을 푸는 사람이다. 아마도 세상에는 두 종류의 사람이 있는 것 같다. 한 종류의 사람은 포장지를 찢고, 다른 종류의 사람은 끈을 푼다. 게다가 막스는 마음에 들지 않으면 절대로 참지 않는다.

난 가끔 정말 혼자서 살고 싶어질 때가 있다. 마치 주위가 캄캄한 곳에 서 있는 등대처럼. 내겐 넓은 공간이 필요하지 않다. 바닥에 깔려 있는 매트리스 하나면 충분하다. 난 바닥에서 자는 것을 좋아한다. 내가 하고 싶은 것을 모두 할 수 있는 그곳은 내 뗏목이며 내 방주이다. 난 사실 호텔에서 사는 것을 좋아한다. 나를 구속하지 않기 때문이다. 하지만 집으로 돌아가는 것은 언제나 기분이 좋다. 호텔에서 사는 것이 좋다고 해서 항상 호텔에서 살 수는 없다. 그건 별로다. 아니면 그렇게 생각되는 것일까? 왜냐하면 난 호텔에서 그렇게 오래 살아본 적이 없기 때문이다.

"막스 형, 어떻게 하면 내가 제냐를 좋아한다는 것을 들키지 않고 그냥 우연히 만나서 이야기를 하고 있다고 생각하게 할 수 있을까?"

"뭘 그렇게 서둘러. 내가 네게 새로운 단편영화에 대해서 이야기 했잖아. 그 영화에 여자 역할이 있어. 처음에 이런저런 영화 이야기를 하는 거야. 어쩌면 그녀가 그 역할을 해 줄지도 모르잖아. 그러면 너도 영화 속에서 한 사람 역을 맡는 거지. 그러면 이런 저런 핑계로 서로 만나게 되고 이야기하고 뭐 그러는 거야."

막스는 커피를 마셨다. 나는 아무 대답없이 입으로 커피만 불었다. 왜냐하면 나는 숙맥이기 때문이다.

"너 엉덩이를 한 대 맞아야겠다. 너무 오랫동안 몸을 푸는 것 같아, 맨. 요즘 그렇게 해서는 안 돼."

막스는 언젠가 그의 아버지가 자신에게 했던 말을 내게 들려주었다. 그것은 모든 현상은 세 가지 이유로 디 설명이 된다는 것이다.

1. 아무도 나를 사랑하지 않기 때문이다.
2. 자기 폭풍(Magnetic storms)이 불기 때문이다.
3. 연결이 끊어졌기 때문이다.

실제로 이 세 가지 이유를 가지고 무슨 현상이든 설명

할 수 있다. 예를 들어서 마트 계산대에 줄이 길게 늘어선 이유는 계산대에 연결된 선이 끊어졌기 때문이며, 내가 오늘 기분이 나쁜 것은 자기 폭풍이 불기 때문이며, 인생의 암흑기라고 생각하는 것은 아무도 나를 사랑하지 않기 때문이다. 우리는 어떤 질문을 해도 똑같은 대답이 나올 수 있음을 알기에 어리석은 질문을 하지 않기로 결정했다.

막스는 나를 놀라게 하는 몇 가지 독특한 특성을 가지고 있다. 나는 그가 서른 살이지만 마치 어린 아이처럼 다양한 물건에 관심을 갖고 있다는 것을 알게 되었다. 예를 들어 그에게 웹카메라가 생겼을 때 그는 이 잔인한 기계를 테스트하려고 하루 종일 이 사람 저 사람과 미친 듯이 연락을 하였다. 나중에 그에게 전문가용 카메라가 생겼을 때 그는 거의 제정신이 아닌 것 같았다. 그는 꽃이 피는 장면을 촬영하기도 하였다.

그리고 막스는 라틴어를 공부하고 있다. 그는 라틴어를 왜 배우려고 하는 걸까? 도대체 라틴어가 누구한테 필요하단 말인가? 그는 라틴어는 역사이기 때문에 배워야 한다고 한다. 그는 고대 그리스의 역사에 대해서도 공부를 하였다. 그것은 마치 서로 연결된 파이프와 같다고 하였다. 그가 어떤 통치자에 대해서 이야기를 할 때, 나도 처음에는 들어주려고 애를 쓴다. 하지만 나중에는 마치 대시보드에 놓여 있는 강아지 인형처럼 머리를 흔들게 된다. 그럼에도 불구하고 그는 계속해서 이야기한다. '너는 이해를 하지 못할 수도 있어. 하지만 들어. 난 누군가에게 이야기를 해주어야만 해. 그래야 잊어버리지 않거든.'이라고 말한다. 한마디로 그는 역사에 대한 글을 쓰고 싶어하고 유물 발굴을 위해서 어딘가로 가고 싶어한다. 나도 그와 함께 가고 싶다. 하지만 엄마가 좋아하지 않을 것이다.

막스는 인터넷에서 정보를 검색하는 것을 좋아하지 않는다. 인터넷 검색이 필요할 때, 그는 나에게 구글링을 하게 한다. 물론 나에게는 어려운 일이 아니기 때문에 나는 기꺼이 그 일을 해준다. 그리고 막스는 지역 라디오 방송국에서 야간 방송을 진행한다. 한번은 그가 나를 데리고 가서 방송을 했다. 그날 밤 나는 다양한 사이코들의 전화를 받으며 이야기를 하였다. 별별 전화가 다 있었다! 그때 나는 만약 내가 예술가로 성공하지 못한다면 라디오 방송국에서 일할 것이라고 결심을 하였다. 사실 두 가지 직업을 함께 갖는 것도 나쁘지 않다.

나는 항상 '해야만 한다'라고 말한다. 예술가가 되어야만 한다. 나는 대학을 들어가야만 한다. 라디오 방송국에서 일을 해야만 한다. 제냐와 더 가깝게 지내야만 한다. 하지만 나는 아무런 행동도 하지 않는다. 더 정확하게 말해서 나는 준비운동을 아주 천천히 오랫동안 한다. 하지만 준비운동이 끝나면 빠르게 행동에 옮긴다. 내겐 엉덩이를 때려서 확실하게 앞으로 나가게 만들 수 있는 한 방이 없다. 어렸을 때부터 16살이 되기만을 나는 계속 기다렸고 그렇게 되면 모든 것이 바뀔 것이라고 생각했다. 나는 어른이 되더라도 고루하고 지루한 어른이 되지 않을 것이라고 생각했다. 그것은 마치 직선 도로를 달리는 것 같은 그런 지루함을 이야기하는 것이다. 언제든 방향을 틀어서 가고 싶은 곳으로 갈 준비가 되어 있다는 것이다. 나는 벌써 열여섯 살이 되었다. 하지만 여전히 직진을 하고 있다. 아마도 나는 방향을 틀어서는 안 되는 곳에서 방향을 틀었거나 아니면 방향을 틀어야 할 곳을 못 본 채 그냥 지나친 것 같다.

나는 가끔 불평을 하기도 하지만 내가 살고 있는 도시 상트페테르부르크를 좋아한다. 이곳에는 내가 잘 아는 사람들이 살고 있다. 그러니까 도시를 아무 목적 없이 걸으면서 이쪽 저쪽 기웃거릴 때 보이는 그런 사람들 말이다. 시내 중심가에는 자신의 옷가게 앞에 서서 담배를 피우는 남자가 있다. 그는 아마도 내가 그곳을 지나가지 않아도 매일 그렇게 담배를 피울 것이다. 왜냐하면 내가 지나갈 때마다 그는 그곳에 서서 담배를 피우고 있었기 때문이다. 그는 골프 선수처럼 보였다. 그의 민머리는 골프 공처럼 보였다. 게다가 그의 안경은 뉴스에서 인터뷰를 하는 비즈니스맨처럼 테가 아주 가늘었다. 그는 가끔 빨간 반바지를 입고 있기도 하였는데, 내 생각에 막 자전거 라이딩을 하고 온 듯하였다.

나는 가죽 끈으로 목줄을 맨 작은 강아지를 데리고 산책하는 노파를 종종 본다. 나는 개의 품종을 잘 알지 못한다. 다만 그 강아지는 아주 조그마하였다. 사실, 나는 작은 개는 그다지 좋아하지 않는다. 아니 나는 개 자체를 좋아하지 않는다. 내가 이야기하고 싶은 것은 이 강아지의 다리가 세 개뿐이었다는 것이다. 강아지가 다리 세 개로 뛰어가는 것을 보고 나는 강아지로부터 눈을 뗄 수가 없었다. 마음이 많이 아팠다. 아마도 노파에게는 자녀가 있는데 어딘가로 멀리 갔고, 그 대신 노파는 가죽 끈으로 세 발 강아지를 붙들고 있는 것 같다. 강아지의 세 발은 바로 그녀의 아들이며 딸이며 남편일 것이다. 노파는 덩치에 비해 커다란 귀와 검은 코를 가진 이 강아지의 네 번째 다리와 같다. 그렇게 그들은 하나가 된 것이다.

내가 아는 사람 중 또 다른 한 명은 뚱보 아가씨이다. 다른 말로 그녀를 어떻게 불러야 할지 모르겠다. 그녀는 넵스키 대로의 과자점에서 일한다. 그곳에 과자점이 있다는 것을 냄새로 먼저 느낄 수 있는 작은 가게이다. 한번은 프렌치 치즈 파이를 사러 들어갔다가 다른 과자점들의 과자 굽는 냄새는 맡기가 힘든데 이 과자점의 과자 굽는 냄새는 멀리서도 맡을 수 있는 이유가 뭐냐고 그녀에게 물었다. 그러자 그녀는 그냥 가게 문이 열려 있어서 그럴 것이라고 대답을 했다. 나를 속이려고 한 것이다. 다른 상점도 마찬가지로 문이 열려 있었다. 하지만 냄새는 나지 않았다. 아마도 그녀는 자신만의 비밀을 이야기해주고 싶지 않았던 것 같다.

최근 이 도시에서 이상한 일들이 벌어지고 있었다. 난 처음엔 그냥 웃어 넘겼다. 하지만 나중에 나는 뭔가 있다는 것을 느꼈다. 어느 날 나는 간선 도로 중 하나를 따라 걷고 있다가 이상한 소리를 들었다. 무서운 소리였다. 구급차 또는 소방차의 사이렌 소리와 비슷한 소리였다. 나는 주위를 살펴보았다. 하지만 처음엔 아무것도 보이지 않았다. 잠시 뒤 나는 흰색 티셔츠를 입은 한 남자가 발코니 창밖으로 몸을 내밀고 소리를 지르고 있는 것을 보았다. 바로 옆집에서는 누군가가 텔레비전을 보는지 텔레비전 소리가 들렸다. 한 집 건너 집에는 어떤 여자가 서서 해바라기 씨를 까먹고 있었다. 그는 계속 소리를 질렀다. 내가 동네를 한 바퀴 돌아서 같은 길을 걸어 돌아가고 있을 때에도 여전히 그는 소리를 지르고 있었다. 그가 소리치는 것이 참을 수 없을 정도였지만 이웃 사람들은 이미 포기를 한 듯하였다. 그것은 나를 불안하게 했다. 무슨 일이지? 누가 내게 설명을 해줄 수 있어? 이건 평범한 모습이 아니잖아! 아니, 세상은 확실히 미쳐 가고 있어. 나의 노년 생활을 저런 식으로 끝내고 싶지 않아! 한쪽에서는 티셔츠를 입고 사이렌 소리를 내며 소리치고 있는데 다른 쪽 사람들은 아무도 신경을 쓰지 않고 있다. 내가 다른 사람들 들으라고 고래고래 소리를 지르는데 그들은 마치 아무일도 없다는 듯이 해바라기 씨를 까먹거나 텔레비전을 본다. 생각만 해도 끔찍하다.

오늘 나는 시내를 걸었지만 그들 중 누구도 내 눈에, 내 귀에 들어오지 않았다. 왜냐하면 내 머릿 속에는 오직 제냐와의 만남에 대한 생각뿐이기 때문이다. 그녀에게 영화에 대해 말해 주려고 한다. 시나리오는 이렇다. 다른 사람들이 자신에 대해서 어떻게 생각하는지 알아보고 싶은 사람이 있다. 그래서 그는 제3자를 통해서 지인들을 인터뷰하는데 그때 자신에 대해 어떻게 생각하는지 물어보는 것이다. 지인들 중에는 그가 짝사랑하고 있는 그녀도 포함되어 있다. 그렇기 때문에 나는 그녀를 설득해야만 한다. 가끔 막스는 기가 막힌 아이디어를 생각해낸다.

제냐는 울어서 부은 얼굴로 나를 만나러 왔다. 그것은 나를 우울하게 했다. 두 번째로 나를 보는데 그녀는 또 울었다. 도대체 무슨 일이란 말이지? 나는 여자운이 이렇게도 없단 말인가?

"왜 그래, 제냐?"

"난 돼지열병이 무서워. 갑자기 우리 모두가 죽는다고 상상을 해봐. 난 이렇게 어린 나이에 죽고 싶지 않아. 벌써 많은 사람이 죽었대!!! 우리 나라에서도 사람들이 죽었대!" 그녀는 다시 울기 시작했다. 그녀는 진짜로 정신이 이상한 것 같다.

나는 그녀를 진정시키려고 했지만, 무슨 말을 해야 할지 몰랐다. 그녀는 반나절 동안 돼지열병에 대한 모든 종류의 공포스러운 이야기를 읽었으며 이제 곧 세상에 종말이 닥칠 것이라고 확신하고 있었다. 그런데 나는 내 영화를 가지고 이곳에 왔다. 이런 바보 같으니. 나는 나 자신이 바보가 된 듯하였다. 내가 마이클 잭슨 때문에 울었을 때 아마도 사람들은 나를 바보로 생각하였을 것이다. 하지만 그녀는 여자다. 여자들은 가능하다.

나는 열일곱 살이나 된 사람이 뉴스 때문에 울 수 있다는 것을 믿을 수 없었다. 아니, 그녀는 확실히 평범하지 않았다. 나는 심지어 조금 무서운 생각이 들었다. 그러나 무슨 이유에서인지 나는 그녀의 이 순수함에 마음이 끌렸다. 보통 남자의 주요한 역할 중 하나는 순수함으로부터 여성을 구하는 것이다. 그리고 나는 제냐를 구하고 싶었다.

이즈음 나는 내가 제냐를 좋아하는지 아닌지 몰랐지만 최소한 제냐 같은 사람을 어디서도 본 적이 없다는 것은 알고 있었다. 제냐가 몇 년 동안 말을 하지 않고 살았기 때문이라고? 물론 그것도 이유가 된다 하지만 내가 그녀에게 관심을 갖는 것은 그것 때문만은 아니다. 다른 것들도 있다. 예를 들어, 그녀는 자주 "몰라."라고 말한다. 나는 처음에 만나서 그녀와 이야기를 할때에 왠지 모든 사람들이 호감을 가졌던 우리 아파트 단지에 살고 있는 한 여자 아이가 생각이 났다. 내게 왜 그런 생각이 들었는지 처음엔 몰랐다. 하지만 시간이 흐르고 나서 나중에 그 이유를 알게 되었다. 그 비밀은 바로 제냐의 언어 습관에 있었다. 그녀는 어떤 질문이나 제안에 대해서 항상 "몰라."하고 대답을 하였다.

"오늘 산책할 거야?"

"몰라."

"생일 파티에 올 거야?"

"몰라, 만약 갈 수 있으면 갈게."

"내일 학교에 올 거지?"

"몰라."

그녀의 '몰라'는 아무런 의미가 없는 말이었다. 무슨 말을 하든 똑같은 대답을 듣게 된다. 그것은 그렇게 대답을 시작해야하는 게임과도 같은 것이다.

그녀는 마치 아무 일도 없었던 것처럼 금방 웃기 시작했다. 나는 갑작스러운 변화에 놀라지 않을 수 없었다. 그녀의 기분이 바뀐 것이다. 나는 그녀에게 영화에 대해서 말했고 그녀는 처음에 "몰라."라고 말했다. 하지만 곧 거절했다. 아마도 난 그녀를 설득하는 방법을 모르는 것 같다. 그녀는 그것이 자신에게 어울리지 않는 것이라고 하였다. 아마도 제냐에게는 실현되지 못한 배우에 대한 열망이 없는 것 같다. 나는 막스와 함께 한 영화제에 영화를 보내려고 하였다. 괜찮다. 다른 사람을 찾을 수 있을 것이다.

만약 아침에 내가 제냐를 어떻게 대해야 하나 걱정을 하였다면 밤에는 그런 걱정을 하지 않아도 되었다. 그녀는 SNS 'VK'에 계정이 있다고 하였고, 나는 그녀의 SNS를 보기 위해서 계정을 만들었다. 예전 같으면 난 절대로 그렇게 하지 않았을 것이다. 나는 SNS를 좋아하지 않는다.

나는 우선 그녀의 프로필을 처음부터 끝까지 읽기 시작했다. 5시간이 지났지만 나는 여전히 눈을 뗄 수가 없었다. 그녀가 써 놓은 〈나에 대한 50 가지 진실〉 때문이다. 그것은 다음과 같다.

1. 다섯 살때부터 5학년때까지 나는 가족과 여자아이(특별한 경우 때문에) 한 명을 제외하고는 누구와도 이야기하지 않았다.
2. 우유와 토마토 주스를 좋아하지 않는다.
3. 거품, 허브 또는 소금을 넣고 목욕물을 만들고 손을

담가서 물 온도를 확인하고 조절하는 것을 좋아한다.

4. 올빼미.

5. 요리를 할 줄도 모르고 좋아하지도 않는다(이것은 남자들이 더 잘 할 것이라고 생각한다).

6. 낯선 사람들조차도 믿는 편이다.

7. 하지만 몇몇 사건 후에는 사람을 절대적으로 신뢰하지 않는다.

8. 라틴어를 배우고 있다.

9. 혼자 영화를 보는 것을 좋아한다.

10. 누군가를 집으로 초대하는 일이 거의 없다.

11. 말하는 것을 좋아하지 않으며 듣는 것을 좋아한다.

12. 누군가 나를 '아가씨'라고 부르면 돌아보지 않는다.

13. 누군가와 말다툼을 했는데 그가 돌아서서 떠나면 나는 돌아보지 않는다.

14. 다리를 벌리고 잠을 잔다.

15. 직설적인 사람이다.

16. 말할 때 상대방이 내 눈을 보지 않는 것을 좋아하지 않는다.

17. 싸우는 것을 좋아한다.

18. 물고기와 레드 와인을 좋아한다.

19. 육고기를 먹지 않는다.

20. 전화로 말하는 것을 좋아하지 않는다.

21. 문자 메시지를 좋아한다.

22. 누군가를 기다리지 않는다면 초인종이 울려도 대답
    하지 않는다.

23. 고집이 세다.

24. 고집이 너무 세기도 하지만 때로는 쉽게 포기하기도
    한다.

25. 시계의 똑딱거리는 소리도 손목 시계도 좋아하지 않
    는다.

26. 열정을 좋아한다.

27. 혼자 있는 시간을 많이 필요로 한다.

28. 게으르다.

29. 문을 쾅 소리 나게 닫으며, 가방을 (충동적으로) 싼다.

30. 배신에 놀라지 않는다.

31. 맑은 눈으로 거짓말을 할 수 있는 능력에 놀란다.

32. 어느 누구에게도 조언을 하지 않는다.

33. 낯선 사람이 나에게 반말하는 것을 좋아하지 않는다.

34. 더위를 참지 못한다.

35. 바람, 밤 해변, 물, 제방길을 좋아한다.

36. 어린아이 취급당하는 것을 싫어한다.

37. 감수성이 풍부하다.

38. 옷이나 화장품에 돈을 쓰는 것이 아깝다.

39. 가치 있는 것을 위해서 책과 티켓을 산 것을 후회하지 않는다.

40. 팔찌를 좋아한다.

41. 여자와는 거의 우정을 나누지 않는다.

42. 대담하고 한 번 결정한 것을 번복하지 않는 단호하고 과묵한 남자를 좋아한다.

43. 아무것도 후회하지 않는다.

44. 다른 식구들은 내 이름을 '이바나'나 '젬피라'라고 지어주고 싶었지만 아빠는 내 이름을 제냐라고 지었다.

45. 사랑이 계속되지 않을 것이라는 사실을 느꼈을 때에도 나는 행복하다고 생각한다.

46. 나쁜 기억은 빨리 잊는다.

47. 언젠가 기타를 연주하고 드럼을 치는 것을 배운 적이 있으며 가능하면 더 하고 싶다.

48. 음감이 없다.

49. 냄새는 나에게 매우 중요한 의미를 갖는다.

50. 가끔 나는 행복하기 때문에 운다.

과연 이 지구에 그녀의 친구와 지인이 있을까? 때때로 그녀는 말 그대로 나를 놀라게 했다. 그녀는 평범한 것에 대해 이야기하는 것을 매우 어려워했다. 예를 들어서 양말이나 빵을 사야 한다고 말을 하지 못했다. 언젠가 나는 그녀 앞에서 양말을 신은 적이 있었다. 그러자 그녀가 말했다.

"너 뭐야? 내 앞에서 이렇게 양말을 신는단 말이야? 옷을 갈아입는다고?"

나는 그때 그것을 웃어 넘겼다. 하지만 나는 뭔지 모를 불안함을 느꼈다. 처음에 그녀는 내 앞에서 요리조차 할 수 없었다. 그녀는 아직 준비가 충분하지 않다고 생각하였다. 마치 내가 알면 안 되는 금지된 것을 알아버린다고 생각하는 것 같았다. 그녀가 화장지를 사거나 요리를 하는 것이 그런 것이다. 결국 우리는 함께 요리를 하기로 결정했고, 그렇게 한 다음에 그녀는 내 앞에서 요리를 하기 시작했다. 한편 제냐는 내 목젖을 마음에 들어 했다. 내가 말을 할 때 그녀는 오랫동안 내 목젖을 바라보고 있었다. 그것에 익숙해지는데 일주일이 걸렸다. 처음에는 나에게 뭔가 문제가 있다고 생각을 하였지만 나중에 그녀가 내 목젖을 바라보고 있는 것을 알아챘다. 내가 먹는 모습을 처음 본 순간 그녀는 마치 천지개벽을 한 듯 놀란 얼굴을 하였다. 마치 전혀 다른 세계를 알게 된 듯한 모습이었다.

나는 하얀 소파에 누워 창문 쪽에서 들어오는 누군가의 담배 냄새를 맡고 있었다. 누워서 제냐에 대해 생각을 하고 있는 중이다. 나는 그녀의 이름을 좋아한다는 것을 깨달았다. 그 이름은 무언가 힘이 느껴졌다. 나는 남자 이름[2]을 가진 여자를 좋아한다.

엄마는 내가 머리를 더 자주 감기 시작했다는 것을 알아 차렸다. 게다가 옷에 더 신경을 쓰고 있다는 것도 알고 있었다. 엄마는 막스를 통해 내게 무슨 일이 있는지 알아보려고 하였다. 하지만 난 막스에게 당분간 말하지 말아 달라고 부탁했다. 내겐 아직도 지나간 사랑이 머릿속에 생생하다. 그녀의 이름은 폴리나였다. 두 여자 간에 진정한 의미의 전쟁이 일어났다. 상상을 한번 해 봐라. 평생

---

2) 러시아 이름 제냐는 남자 이름 예브게니 그리고 여자 이름 예브게니야의 애칭이다.

동안 오이를 길렀고, 그것이 이제 여물었다. 그리고 텃밭에서 가장 멋진 오이가 되었다. 그 오이를 어떻게 딸 것인지 그것이 얼마나 맛있는지 상상을 하게 된다. 그때 샐러드를 만들기 위해 다른 채소를 씻은 한 젊은 배짱이 정원사가 오더니 그것을 땄다. 그러더니 즙이 턱과 팔에 주르륵 흐르도록 한 입 베어 물었다. 나의 엄마가 그랬다. 내가 폴리나를 만나고 있을 때 나는 엄마에게 그녀를 소개시켜 주어야겠다고 결심했다. 그러자 그녀는 이성을 잃었다. 내 전화기와 노트북을 몰래 들여다보았다. 나중에 나는 폴리나와 헤어졌는데 우리 둘의 문제 때문이었다. 하지만 엄마도 한몫 하였다. 그렇기 때문에 나는 서두르고 싶지 않다. 누가 알겠는가 나와 제냐의 관계가 어떻게 될지! 나는 엄마가 미리 신경 쓰게 만들고 싶지 않다. 그냥 내가 솔로라고 생각하도록 하자.

그때 나텔 이모는 솔직히 내 편이었다. 한번은 그들이 하는 이야기를 들을 수 있었다. 캥거루가 말했다. "소피야, 넌 너 자신을 위해서 아들을 키운 것이 아니야. 아들은 아들 자신의 삶이 있어. 이기심을 버려." 하지만 엄마는 불같이 화를 냈다. 나텔 이모는 자신의 생각을 차곡차곡 쌓아 놓고 상담을 하였다. 그리고 다른 사람들과 상담을 할 때에는 엄마를 부정적인 예로 이야기하였을 것이다. 만약 그때 나텔 이모가 아니었다면 나는 정말로 미쳤을 것이다. 폴리나는 나와 다시 만나려고 노력을 하였다. 하지만 소용없는 짓이었다.

지금 엄마는 다른 것에 정신이 빠져 있다. 엄마는 거짓말에 관한 텔레비전 시리즈를 열심히 보았고 나를 드라마 주인공인듯 의심하였다. 내가 눈썹을 다른 방향으로 움직였고 목을 쓰다듬었다는 것이다. 말도 안 되는 이야기이다. 나는 엄마가 나텔 이모와 그렇게 친하게 지내는 이유를 알게 되었다. 엄마는 넓은 공간으로 나온 다람쥐처럼 매우 감수성이 예민하였다. 그리고 나텔 이모에게는 그녀의 이론을 신뢰해주는 사람이 필요하였다. 그렇게 둘은 서로가 서로에게 필요하였다.

나는 소파에서 잠이 들었지만, 나텔 이모가 오는 소리에 잠에서 깼다. 그녀의 기발한 새 아이디어가 나를 기다리고 있었다. 그녀는 항상 에너지가 넘쳤다. 그녀는 요가 매트를 가져와서 엄마에게 이제 그들이 함께 요가를 할 것이라고 말했다. 심슨이 그려져 있는 늘어진 티셔츠를 입은 엄마가 '아사나' 자세를 취한다는 것이 쉽게 상상되지 않는 것처럼 캥거루가 매트 위에 앉아있는 것도 쉽게 상상되지 않았다. 나텔 이모는 다리 찢기 스트레칭을 하려고 하였다. 그녀는 이런 식으로 다이어트를 하고 싶은 것이다. 나는 더 이상 참지 못하고 먹는 것을 줄여야 한다고 말했다. 나텔 이모는 마치 못 들은 것처럼 행동을 하였다. 그러더니 내게 와서 같이 하자고 제안하였다.

나텔 이모는 매번 다양한 제안을 하였다. 자전거를 타기도 했다. 엄마의 자전거는 지금 내가 타고 있다. 왜냐하면 자전거 타기를 너무 빨리 포기했기 때문이다. 다음에는 롤러스케이트를 탔다. 하지만 엄마의 롤러스케이트는 나한테 맞지 않았다. 그래서 나는 내 것을 샀다. 이상하게도 엄마는 나텔 이모가 제안하는 새로운 트랜드를 거부하지 않았다. 이번에 그들은 어떤 요가 비디오를 틀었다. 그리고 팔다리를 흔들기 시작하였다. 이 모든 것은 달리의 그림을 연상시켰다. 물론 그런 조건에서 나는 잠을 잘 수 없었다.

"엄마, 이제 요가를 시작했으니 말이야." 나는 나텔

이모가 집에서 나가자 마자 엄마에게 말했다. "이제 마요네즈는 그만 먹자."

엄마는 진정한 의미의 마요네즈 매니아이다. 그녀는 무엇이든 마요네즈와 함께 먹었다. 심지어 쿠키도. 그리고 때로는 마요네즈를 사과에 발라서 먹기도 하였다. 난 냄새를 맡기만 해도 토가 나올 정도이다. 게다가 요가를 통해서 체중 감량을 원하고 있지 않은가!

"난 엄마의 마요네즈를 모두 내다 버릴 거야, 알겠지?"

엄마는 그냥 웃더니 마티니를 잔에 따랐다.

"마티니도 그만 마셔, 알았어?"

"싸샤, 잔소리 그만 해."

내 생각에 가끔씩 엄마가 정신을 놓을 때가 있는데 그것은 술 때문이다. 예를 들어서 엄마는 그날 해야 할 일이 있다는 것을 나중에 편집실에서 전화가 올 때까지 까맣게 잊고 있을 때가 있다.

폴리나와 내가 사귀고 있는 동안 엄마는 밤마다 경련을 일으켰다. 마치 숨이 곧 멎을 것 같았다. 엄마는 깡총깡총 뛰면서 숨을 헐떡거렸다. 그런 모습을 보고 있는 나는 정말 무서웠다. 나텔 이모는 공황 발작이라고 하면서 엄마와 함께 여러 차례 대화를 하였다. 그런 다음 그녀는 내가 폴리나와 함께 어딘가로 멀리 떠나가는 것을 엄마가 두려워하고 있다고 말했다. 그러나 그것은 언젠가 일어나야 한다. 내 말은 엄마를 버리는 것이 아니라, 그냥 떨어져 살아야 한다는 것이다. 그리고 폴리나와 결별을 했을 때 나는 요요처럼 엄마에게로 돌아갔다.

사실, 나도 그런 발작을 일으켰다. 물론 지금은 아주 드물게 일어난다. 하지만 어린 시절에는 그런 적이 자주 있었다. 밤에 잠이 깬 나는 언젠가 죽을 것이라는 사실 때문에 숨이 막혀왔다. 나는 죽고 다른 사람들은 모두 살아 있다는 것을 도저히 받아들일 수 없었다. 아마도 이것은 유치한 이기심의 발로일 것이다. 니는 또한 가끔 내가 검은 새들의 공격을 받는 꿈을 꾸었다. 나는 놀라서 잠에서 깼다. 그러면 엄마가 달려와서 내가 죽지 않을 것이라고 하였다. 나는 엄마를 믿었다. 엄마가 발작을 일으켰을 때에 나도 엄마에게 달려가서 엄마에게 말했다. 나는 엄마를 버리지 않을 것이며 혼자의 삶을 살게 되어도 자주 올 것이라고 하였다. 하지만 엄마는 그 말을 믿지 않았다.

저녁에 나는 다시 제냐를 만났다. 어떻게든 그녀가 내 삶의 질서를 흩트려 놓을 것이라는 것은 아주 분명해졌다. 비록 나보다 그녀의 나이가 많았지만, 나는 그녀의 행동 하나하나를 세심하게 살펴봐 줘야만 한다.

우리는 공원에 앉아 참새와 비둘기들을 바라보았다. 참새들은 과자 부스러기 같은 것을 발견하였으며, 살찐 비둘기들은 참새로부터 그것들을 빼앗아 먹었다. 그것은 마치 사람들 같았다. 참새 인간이 있으며 비둘기 인간이 있다. 참새 인간은 먹을 것이 없어서 입맛만 다시고 있다. 나는 전형적인 참새 인간이다. 대신 뚱뚱하지 않다.

실제로 나는 모든 것을 복잡하게 생각하지 않는다. 예를 들어서 어딘가를 가고 싶다면 표를 사서 가면 된다고 생각한다. '적당한 때가 아니다.' '준비가 덜 되었다.' 등의 말은 핑계일 뿐이다. 그런데 그렇게 생각하는 내게 그녀는 주먹감자를 날렸다. 나는 점점 더 제냐를 좋아하고 있다는 것을 이해했다. 하지만 그것을 그녀에게 이야기할 수 없었다.

"어제 무슨 일이 있었는지 알아? 나는 정신과 의사에게 또 갔어. 걱정 마. 그냥 정기 검진일 뿐이야. 나는 정기적으로 그곳을 다니거든. 그러니까 사람다운 모습을 유지하기 위해서 말이야. 게다가 난 이 의사가 인간으로서 마음에 들거든. 그래서 말인데 난 사실 사람을 믿지 않아. 의사가 내게 실험을 해보라고 했어. 모르는 사람의 손을 잡아야 한다고 했어. 그렇게 자주 하라고 했어. 그런데 말이야, 상상할 수 있겠어! 나는 오늘 아침 집에서 멀지 않은 곳을 걷고 있었어. 공사 현장을 지나가고 있었어. 그곳에서 사람들이 집을 고치고 있었어. 그때 한 사람이 내게 다가와서 말하길 '아가씨, 내가 손을 잡아 드릴게요.'라고 하는 거야. 믿을 수 있겠어? 만약 누군가가 내게 이 이야기를 했다면 나는 믿지 않았을 거야. 그런데 그 다음 날 그런 일이 정말 있었어!"

"그래서 넌 손을 줬어?"

"아니! 그럴 수 없었어! 나는 덜컥 겁이 났어. 모르겠어. 나는 너무 무서웠어. 그냥 계속해서 걸어갔지. 중요한 것은 내가 바로 전날 그것에 대해 이야기했다는 것이야. 너무 무서웠어."

"그래, 완전 영화 같은 이야기네. 만약 네가 아니라 다른 사람이 이야기했다면 나도 믿지 않았을 거야."

"그러니까, 넌 나를 믿어?"

"그렇게 되었네."

"아! 또 무슨 일이 있었는지 알아?" 제냐가 소리쳤다.

"무슨 일이 있었는데?"

"차이코프스키 지역을 걷고 있었을 때야. 그러니까 그곳에는 낚시꾼들이 고기를 잡고 있었어. 내가 그들 바로 곁을 지나가고 있을 때 갑자기 그들에게 물고기가 잡혔어. 아주 작은 거였지만 말이야. 물고기를 바로 내 눈앞에서 낚아 올렸어! 그러자 그 사람이 말하길 '어, 아가씨 행운이 따르네요. 당신이 지나가자마자 물고기가 잡혔어요.'라고 하는 거야. 믿을 수 있어? 내가 행운아라니. 행운아인 거 맞아?"

"내가 행운아지, 제냐."

"싸샤, 난 전에 정말로 내 자신이 특별히 선택된 사람이라고 생각했던 적이 있었어." 그녀가 오랫동안 말을 하지 않고 있다가 말을 하기 시작했다.

"어렸을 때 난 그렇게 생각했어. 아주 바보 같았지. 실제로는 아무것도 없는데 말이야."

나는 그녀가 제정신이 아닐 거라고 생각했다. 그녀는

내가 본 사람 중 가장 특별한 사람이다.

"사실, 모두가 선택된 거야." 나는 무언가를 말하기 위해 말을 시작했다. 나의 눈은 그녀의 샌들 위를 기어가고 있는 무당 벌레를 보고 있었다. 하지만 그녀는 그것을 눈치채지 못했다.

제냐는 아름다운 마네킹을 닮았다. 왜냐하면 그녀는 꼼짝하지 않고 오랫동안 앉은 자세를 그대로 유지할 수 있기 때문이다. 그녀의 머리카락은 엉켜 있었지만 그것은 문제가 되지 않았다. 머리카락이 아주 길었기 때문에 그것을 가발공장에 판매한다면 꽤 많은 돈을 받을 수 있을 것이다. 나는 그녀의 머리카락 색깔을 좋아한다. 다크 초콜릿 색이었다. 그녀는 빛을 마주하게 되면 눈을 찡그렸는데, 그렇게 하면 늘 똑같은 샴푸 냄새가 났다. 그녀는 천천히 부드럽게 말을 한다.

웃을 수밖에 없다. 내가 늘 놀렸던 그런 낭만적인 사람으로 내 자신이 변한 것이다. 막스가 자신의 과거 여자 친구들의 사진을 내게 보여주었을 때 그의 순진해 보였던 얼굴을 보면서 난 그를 놀렸다. 왜 처음에 다들 그렇게 좋은 걸까?

상황은 계속 나빠지고 있다. 영화 〈나홀로 집에〉와 〈조찬 클럽〉의 존 휴스 감독이 사망했다. 한 시대가 지나가고 있다. 처음엔 마이클 잭슨. 지금은 그가 세상을 떠났다. 나는 〈나홀로 집에〉를 어느 장면부터라도 계속 반복해서 볼 수 있다. 내가 가장 좋아하는 영화 속 장면은 맥컬리 컬킨이 거울 앞에 서서 성인용 샴푸로 머리를 감았다고 이야기하는 장면이다.

인생은 까칠하다. 인생은 내게 말한다. "이제 어른이 될 시간이다, 얘야." 하지만 나는 여전히 모래를 가지고 장난을 치고 있다. 하지만 오늘은 중요한 날이다. 나는 오늘 내 관습 중 하나를 실행해야 한다. 나는 여러가지 관습을 가지고 있고, 그 중의 오늘의 관습은 중요한 것 중 하나이다. 꽉 찬 내 저금통의 동전들을 누구에게 줄 것인지 결정해야 하는 날이다.

　나는 그런 사람이다. 나는 자신의 관습과 전통을 가지고 있는 작은 나라이다. 싸샤라는 이름의 나라. 내 관습 중 하나는 이렇다. 저금통이 동전으로 가득 차게 되면 나는 동전들을 꺼내어 가지고 가다가 길거리 거지들 중 내가 선택한 한 거지에게 모두 준다. 이 관습은 내가 봐도 바보 같은 행동이지만 나는 항상 그렇게 한다. 동전들을 줄 사람을 선택할 때 나는 내 자신이 완전한 절대자가 된 듯한 느낌을 갖는다. 마지막으로 내가 동전을 준 사람은 시내 중심가에서 휠체어를 타고 앉아 있는 사람이었다. 그는 안경을 쓰고 있었고 다리는 담요로 덮여 있었다. 아마도 그는 잘 볼 수 없었을 것이다. 그렇지 않았다면 내 얼굴을 똑똑히 보았을 것이다.

　그에게 돈을 줄 때 나는 내 자신이 최소한 영국의 왕세자비였던 다이애나나 빌 게이츠처럼 느껴진다. 위대한 자선가가 자신의 금고를 열어서 금은보화를 나누어 주는 것이다. 스크루지 맥덕이라고나 할까? 어쩌면 은행에서 동전들 전부를 지폐로 바꾼 다음에 주었어야 했는지도 모른다. 이렇게 동전더미를 주는 것은 잘못된 행동일지도 모른다. 이를 테면, '자, 가져. 난 필요 없어.'와 같은 것이다. 그렇지 않다면 이것은 단순히 나의 편견일 수도 있다. 어쩌면 처음 마주치는 사람에게 줬어야만 했을지도 모른다. 하지만 진정한 의미의 거지들이 있다. 나는 그런 것을 구별할 능력을 가지고 있다. 한번은 내가 항상 적선을 해주는 노인이 케이크를 사는 것을 본 적이 있다. 하지만 나는 개의치 않고 그에게 적선을 계속 했다. 그 케이크가 나를 당황스럽게 만든 것은 사실이다. 하지만 어쩌면 그는 그 케이크를 사기 위해서 일주일 동안 돈을 모았을지도 모르는 일이다.

나는 나의 욕망을 제어할 수 있는 관습도 가지고 있다. 예를 들어 내가 정말로 원하는 물건 두 가지가 있다면 나는 그것이 내 분수에 맞는 것인지 생각한다. 그리고 하늘을 향해 말을 하기 시작한다. 둘 중에 어떤 것이 더 내게 맞는지. 그리고 선택을 한다. 예를 들어서 새 청바지를 사고 싶거나 어떤 영국 그룹의 콘서트에 가고 싶다면 나는 내 상태를 검토하기 시작하고 혼자 판단을 한다.

"하늘이시여, 청바지 보다는 콘서트를 택하겠습니다. 당분간 청바지는 포기하도록 하겠습니다. 콘서트를 보는 게 더 나을 것입니다. 당신께서 내게 더 필요한 것이 무엇인지 잘 알고 있을 것입니다. 어쩌면 이 청바지를 입고 어떤 기념비적인 사건에 내가 서 있을 수도 있을 것입니다. 그렇지 않아도 상관없습니다. 저는 자신을, 그리고 당신을 믿습니다."

내 나라의 세 번째 관습은 자신이 무엇을 하고 있는지 또는 원하는 것이 무엇인지 아무에게도 말하지 않는 것이다. 물론 하늘에 이야기하는 것은 예외이다. 나는 두세 번 정도 다음 주에 어떤 일들이 있을 것이라고 다른 사람들에게 이야기를 한 적이 있었다. 그러자 실제로 그 일들은 일어나지 않았다. 왜냐하면 그것들을 말하는 순간 모두 공중으로 날아갔기 때문이다. 공중에는 바람이 있다. 어떻게 할 수가 없다. 바람은 너무 빠르기 때문이다. 나는 바람을 이길 수 있을 만큼 강하지 못하다. 왜 내가 그렇게 약하냐고? 내가 아빠 없이 자랐기 때문이라고? 하지만 여자들 모두가 약한 것은 아니다. 아마도 나는 그렇게 태어난 것 같다. 유전적으로 말이다.

네 번째 관습은 조금 감상적이다. 내가 낭만적이라고 생각할 수도 있지만 그것은 말도 안 된다. 나는 언제 어디로 가든 항상 엄마가 어렸을 때 나에게 준 딱정벌레 모양의 작은 배지를 가지고 간다. 그것은 이제 너무 낡았다. 하지만 그것은 항상 나와 함께 한다. 부적이냐고? 아니다. 난 그것이 살아있다고 믿는다. 심지어 나는 그것과 대화를 하기도 한다. 때로는 나를 이해하는 유일한 존재인 것 같다. 이 딱정벌레는 사실 나를 귀찮게 한다. 녀석은 자기가 배고픈데 내가 먹이를 주지 않는다고 내내 중얼거린다. 나는 딱정벌레에게 먹이를 주기도 하며 한 번도 녀석을 잊어버린 적이 없는데도 말이다. 나는 딱정벌레에게 명령을 하기도 한다. "이리 와!" 그러면 딱정벌레는 "난 배가 고파. 넌 나에게 먹이를 안 주었어. 난 힘이 없어. 그래서 너한테 기어갈 힘도 없어."라고 말한다. 딱정벌레는 만화영화 속 주인공인 앵무새처럼 다른 사람에게는 모든 것을 가져다주고, 사주기도 한다. 하지만 내게만은 그렇게 하지 않는다. 반대로 내가 녀석을 여기저기 데리고 다닌다.

내가 가진 다섯 번째 관습은 꽤 오래 된 것이다. 나는 매일 아침 잠에서 깨어나면 제일 먼저 〈유로뉴스〉 방송을 본다. 나는 영어로 뉴스를 듣는 것을 좋아한다. 나는 거의 모든 것을 이해한다. 게다가 뉴스 속 밝은 화면이 내 마음에 든다. 그리고 일기 예보를 보여주며 지금 리마솔의 온도가 섭씨 33도라고 할 때 나는 흰색의 긴 벤치에 앉아서 지나가는 관광객을 쳐다보는 나를 상상해보곤 한다. 나는 흰 테두리가 있는 선글라스를 쓰고 하얀색의 가벼운 바지를 입고 있다. 어두운 색의 안경이 매혹적인 모습을 보여준다는 사실을 나는 어렸을 때 자전거를 탄 채 있는 힘껏 소나무를 오르려고 했던 그때 이미 깨달았다. 나는 멍든 눈을 감추기 위해서 선글라스를 써야만 했다. 그러자 모두가 왜 내가 항상 선글라스를 쓰고 있냐고 물어보기 시작하였다. 나는 바보 같은 대답을 생각해 냈지만 진실을 말하지 않았다. 이제 멍은 없지만 신비스러운 스타처럼 보이고 싶은 욕망은 남아 있다. 그리고 나는 전 세계 공항을 이용하려면 어떤 것이 필요한지 살펴본다, 마치 곧 어딘가로 날아갈 것처럼.

오늘은 방송에서 날씨뿐만 아니라 바닷물의 온도까지 알려주었다. 갑자기 나는 사람들이 왜 그렇게 바닷가에서 살고 싶어하는지 궁금하였다. 나도 그렇다. 내 생각에 나는 전생에 그곳에서 살았던 것 같다. 왜냐하면 그런 생각을 가지고 태어났기 때문이다. 그럴리가 없지만 말이다. 아마도 인류의 조상들이 처음에 물가에 정착해서 살면서 그곳에서 빨래를 하고, 그곳에서 물을 마셨을 것이다. 그리고 그곳에서 가축들이 물을 마시도록 하였을 것이다. 그것이 유전자로 흐르는 것이다. 현재의 우리는 적어도 일 년에 한 번 바다에 가기 위해 최선을 다하고 있다. 그런데 내게 갑자기 끔찍한 생각이 들었다. 예를 들어서 내가 바닷가에서 살고 있다고 가정하자. 나는 그곳에서 모래밭을 거닐고, 물에 몸을 담그기도 한다. 그리고 현지인들이 찾는 레스토랑에서 생선을 먹는다. 왜냐하면 그곳의 음식이 맛이 있다는 것을 알기 때문이다. 그런데 갑자기 바다가 싫어지는 순간이 오면 어떻게 할까? 나는 그것이 무섭다. 결국, 나는 더 이상 원하는 곳이 없게 될 것이기 때문이다.

만약 그렇다면 나는 섬에 있는 등대에서 살고 싶다. 혼자서. 무인도에서. 육지에는 나에 대한 전설이 돌아다니게 될 것이다. 그러니까 그 내용은 다음과 같다. 턱수염이 난 우울하게 생긴 남자가 그의 아내로부터 버림을 받고 이곳으로 왔다. 그의 아내는 '페라리'를 타고 온 테니스 선수와 바람이 나서 떠나버렸다. 그래서 그는 등대에 살면서 바닷가를 산책하기 시작했다. 이제 그는 길 잃은 개, 오래된 보트, 회색 그물, 담배 잎으로 가득 찬 큰 파이프와 함께한다. 그를 방문하는 유일한 사람은 지하실에서 수제의 빨간색 음료를 가져오는 마음씨 좋게 생긴 늙은 조지뿐이다. 아무도 그를 감히 찾아오려고 하지 않는다. 도시 사람들은 아마도 '그는 미쳤을 거야'라고 나에 대해서 이야기를 할 것이다.

우리 집 창문 아래쪽에서 일어나는 일은 내 여섯 번째 관습을 만들어 주었다. 내 방에서는 공원을 볼 수 있다. 대부분 엄마가 아이와 함께 공원에서 산책을 한다 그런데 한쪽에 MTB자전거를 타는 사람을 위한 작은 언덕과 갖가지 장애물이 설치되어 있다. 나는 늘 모험을 하고 싶었지만 두려움이 앞섰다. 그렇기 때문에 내게는 모험에 대한 갈망이 늘 있다. 하지만 나는 나의 오래된 니콘 카메라를 들고 그들의 사진을 찍는 것으로 아이들과 자전거 타는 것을 대신했다. 심지어 내가 좋아하는 캐릭터가 생겼다. 그들이 솟구쳤다가 떨어질 때 나는 흥분을 느낀다. 그 중 한 명을 나는 나루토라고 부른다. 그는 작은 눈을 가지고 있었지만 일본인은 아니다. 그는 자전거를 아주 잘 탔다. 자전거 파크에 여자아이들이 오면 그는 티셔츠를 벗고 자전거를 타기 시작한다. 등 전체에 문신이 있었다. 이곳의 조니 뎁이다. 한번은 그가 크게 넘어졌다. 나는 그가 정말 잘못되었을까 봐 걱정을 했다. 다음 날 그는 손에 깁스를 하고 나타났다. 그는 깁스를 하고도 매일 그곳에 왔다. 그리고 시간이 흐르고 팔이 나은 후에 그는 다시 자전거를 타기 시작했다. 내가 찍은 사진들을 나는 벽에 붙여 두었다. 사진들이 충분히 많았다. 조금 지나면 더 이상 붙일 자리가 없을 정도였다. 물론 대부분은 나루토의 사진들이다.

그리고 일곱 번째는 한마디로 폭식 관습이다. 나는 보통 건강한 생활 습관을 유지하고 있다. 즉, 나는 거의 고기를 먹지 않고, 탄산음료를 마시지 않으며, 설탕 안 넣은 녹차나 다양한 쥬스를 마신다. 그런데 때때로 나는 참을 수 없을 정도로 모든 종류의 해로운 것들을 먹고 싶어질 때가 있다. 예를 들어 훈제 소시지 같은 것 말이다. 그럴 때면 나는 우리 집 옆에 있는 상점으로 가서 청어, 탄산음료, 견과류, 매운 조미료 등과 같은 말도 안 되는 것들을 이것저것 산다. 그런 다음 나는 집에 와서 탐욕스러우면서도 빠른 동작으로 이 모든 것을 이용해서 다양한 요리를 만든다. 그리고 식탁에 음식을 올려 놓고 탐욕스럽게 먹기 시작한다. 그럼 난 몸이 불편해지기 시작한다. 배가 부풀어 오르며 풍선처럼 된다. 시간이 지남에 따라 풍선은 수축된다. 그럼 나는 다시 똑같은 방식으로 먹는다. 그렇게 몇 차례 하고 나면 풍선의 주름도 전혀 보이지 않게 된다. 왜냐하면 지방이 바로 그것들을 메꾸기 때문이다. 가장 절정의 순간은 내가 탄산음료까지 마셨을 때이다. 이 탄산 음료는 작은 유리병에 들어있는 것이어야만 한다. 나는 함박눈이 내리는 겨울에 따뜻한 곳에 앉아서 그것을 마시는 것을 좋아한다. 난 탄산음료를 반 병 정도 마시면 더 마시고 싶지 않게 된다. 나는 내가 바보 같다는 생각을 하게 된다. 그리고 다시 건강한 생활을 시작한다. 한 달에 한 번 정도 내게는 이런 '리부팅 하는 날'이 있다.

나는 저금통에서 동전들을 모두 꺼내 비닐 봉지에 옮겨 담은 후 거리로 나섰다. 아직까지는 가게 앞에서 항상 담배를 피우는 그 사람만 마주쳤다. 오늘은, 사실 그의 상점 진열대에 새로운 마네킹이 몇 개 있었다. 심지어 나는 멈추어 서서 그 마네킹들을 카메라에 담았다. 그것들은 끔찍했다. 마네킹의 머리는 눈, 코, 입이 없는 채 큰 타조 알처럼 만들어 놓았다. 그래도 그 정도는 괜찮았다. 어떤 것은 머리가 나선형 모양이었다! 아마도 누군가는 이것이 예술 작품이라고 생각했을 것이다. 하지만 솔직히 말해서 나는 소름이 끼쳤다. 나는 이 사진들은 벽에 붙여 놓지 않을 것이다.

동전이 든 비닐 봉지는 무거웠다. 그래서 난 가능하면 빨리 그것을 없애고 싶었다. 내가 거지들에게 그것을 줄 때 거지들은 항상 기뻐했지만 무슨 까닭인지 나는 여전히 부끄러웠다. 나는 이번에는 은행에 가서 동전을 지폐로 교환하기로 결정했다. 은행에서 사람들은 나를 이상한 눈으로 쳐다보았다. 그들은 내가 하루 동안의 전리품을 교환하러 온 거지라고 생각하는 것 같았다. 그러나 내 귀에 있는 값비싼 귀걸이는 내가 거지가 아니라는 것을 확실하게 보여 주었고, 곧 은행원이 계산하기 시작했다. 그녀는 10분 동안 동전을 센 후 나에게 일정한 금액의 지폐를 주었다. 물론 많지는 않았지만 적어도 주긴 주었다.

나는 은행을 나왔다. 그때까지 나는 구걸을 하는 거지를 보지 못했다. 어쩌면 거지들에게 오늘은 쉬는 날인지도 모른다. 거지들에게 그런 날이 있을 리 만무하지만 말이다. 나는 우회전을 하려고 돌아서면서 구겨진 비닐 봉지를 가방에 넣었다. 그때 낡은 실내복을 입고 있는 뚱뚱한 노파를 발견했다. 그녀는 매우 천천히 걸었는데 병든 다리에 튀어나온 정맥이 눈에 띄었다. 여자는 좌우로 뒤뚱거렸지만 중심을 잘 잡고 있었다. 그녀의 손에는 꽃다발이 들려 있었는데 꽃들은 시들대로 시든 상태였다. 누군가가 결혼식날 기념비에 헌화한 꽃다발 같았다. 가끔 그 꽃다발을 거두어 다시 파는 사람들이 있었다.

"젊은이, 꽃을 사줘요." 여자가 내게 말했다. "봐요, 정말 예쁘잖아요."

"할머니, 꽃은 필요 없고요. 여기 이것 받으세요." 나는 구겨진, 하지만 지폐로 따뜻해진 봉지를 그녀에게 건넸다.

"고마워요, 젊은이. 하지만 이 꽃다발을 받아요. 자, 가져 가요. 내게는 필요 없어요."

나는 꽃을 받아야만 했다. 하지만 꽃을 어떻게 해야 할지 몰랐다. 꽃들은 한때는 고급스러웠겠지만 지금은 국화꽃의 흰색 꽃잎이 변색이 되어 있었다. 꽃잎 중 일부는 이미 완전히 갈색으로 변한 상태였다. 하지만 그 속에는 막 피기 시작한 세 개의 새싹도 보였다. 나는 이 꽃을 엄마에게 줘야겠다고 생각을 하였다. 그때 갑자기 제냐가 소리치며 나를 불렀다.

그녀는 무슨 시험인가를 보았고, 합격했다고 기뻐하고 있었다. 물론 나는 그녀에게 꽃을 선물했다. 제냐는 여성 특유의 직감력으로 누굴 주려고 했던 거냐고 물었다. 나는 그녀에게 뒤뚱거리며 걸었던 할머니에 대해서 이야기를 해 주었다. 그러자 그녀는 아주 감동적이라고 대답했다. 내 이야기가 감동적이라고 말한 사람은 지금까지 없었다.

우리는 스케이트장으로 갔다. 제냐는 스케이트를 잘 타지 못했다. 하지만 스케이트를 타는 제냐의 모습은 너무나 아름다웠다. 나는 그녀가 넘어지려고 할 때 두 번인가 그녀를 잡아줄 수 있었다. 스케이트장에 있는 몇 시간 동안 나는 스케이트장이 세계를 축소해 놓은 것임을 깨달았다. 몇몇 사람들은 여름에 처음으로 바다에 들어가듯이 그렇게 얼음 위로 들어간다. 마치 물에 들어갈 때 차갑다고 외치듯이 미끄럽다고 하는 소리가 들린다. 그곳에는 사랑을 나누는 커플도 있다. 그들의 사랑이 아주 뜨겁다면 둘 사이로 들어가서 둘을 갈라놓는 것은 불가능하다. 왜냐하면 그들은 어떤 일이 있어도 절대로 서로 떨어지지 않을 것이기 때문이다.

그곳에는 한껏 폼을 내고 온 녀석들도 있었다. 그들은 맹렬한 속도를 내며 달리거나 발작이 일어난듯한 동작을 하기도 하였다. 그리고 14살쯤 되어 보이는 흥미로운 소녀들도 있었다. 이들은 아무런 이유 없이 갑자기 링크의 중간에 서서 자신의 분홍색 거울을 꺼내 머리를 손질한다. 기다란 담배를 피우며 우울한 표정으로 스케이트를 타는 사람도 있었다.

한 손에는 하키 클럽을, 다른 손에는 맥주 캔을 들고 아무도 자신을 앞지르지 못하게 하면서 가래를 뱉으며 가고 있는 남자도 있다. 링크에는 위험요소들이 많이 있다. 속도를 맞추어서 달리면 아무도 건드리지 않을 수 있다. 그러다가 우연히 고개를 왼쪽으로 돌리면 십여 명의 아이들이 연달아 브레이크 없이 돌진할 수도 있다. 균형을 잃은 당신은 넘어지지 않기 위해서 다가오는 첫 번째 사람을 잡기도 한다. 그런 식으로 인생에서는 우연히 만난 사람이 생명을 구해주기도 한다. 그 사람은 불가능한 것을 가능하게 만들어 주기도 한다. 게다가 자신이 그렇게 했는지도 모르는 채 말이다. 제냐가 그런 사람이 될지 안 될지는 모르겠다. 하지만 난 그렇게 되기를 열망하였다. 그녀는 내 생명을 구해 주어야만 한다. 하지만 난 모든 것이 무섭기만 하다. 갑자기 그녀가 가방을 싸서 떠날까 봐 두렵다, 우리는 아직 함께 살아보지도 않았지만. 여자들은 가방을 싸서 떠나는 것을 좋아한다! 나는 그것을 어렸을 때부터 알고 있었다. 나는 어렸을 때 우리가 어딘가로 떠난다는 것을 엄마가 행하는 특별한 의식을 보고 알아차렸다. 어떤 때는 엄마가 여행 자체보다 물건을 싸는 것에서 더 많은 즐거움을 얻는 것처럼 보였다. 나는 언젠가 아빠가 엄마와 나를 버리고 떠난 것처럼 내가 제냐를 버리고 떠나서 그녀를 불행하게 만들까 두려웠다.

링크를 떠나서 아스팔트 위를 걸었는데 처음에는 마

치 스케이트를 계속 타고 있다는 느낌을 받았다. 우리는 카페까지 미끄러져서 갔다. 그리고 녹차를 기다리며 커다란 소파에 널브러져 앉았다.

"오늘 하루 어떻게 보냈어?" 갑자기 제냐가 물어보았다.

"아침에 사진을 찍은 다음 사진을 인화하고 그것들을 방에 붙여 놓았어. 그리고 저금통의 동전들을 가지고 나온 거였어."

여종업원이 차를 가지고 왔다.

"난 오늘 한 가지를 알게 되었어." 제냐가 천천히 말을 하였다.

"지금까지 세상에서 가장 무서운 것은 다른 사람과 말을 하는 것이었어. 그러니까 내가 몇 년 동안 아무하고도 이야기를 하지 않는 동안 말이야. 내가 네게 말했잖아. 기억하지? 그런데 더 무서운 것이 있었어. 그것은 내가 말하는 것에 대한 두려움을 이긴 후에 나타났어. 그것은 내가 무슨 말을 해야 할지 모른다는 거였어. 난 마음 속에 생각을 간직하고 있는 것에 익숙했지. 그런데 나중에 내가 생각지도 못한 것들에 대해서 사람들이 이야기를 하는 걸 듣게 되었어. 예를 들어서 화장품에 대한 대화가 날 놀라게 했어. 우리 학교 여자아이들은 화장품 카탈로그를 들고 다니면서 거기 나와 있는 화장품에 대해서 이러쿵저러쿵 계속 이야기를 하는 거야. 난 지금껏 그런 이야기를 해본 적이 없었기 때문에 그 대화에 끼어들 수가 없었어. 나는 보통 상대방에게 어떻게 하루를 보냈냐고, 기분은 어떠냐고 물어보지. 그러면 상대편은 내게 어떻게 지냈냐고 물어보지도 않은 채 자기 이야기를 하지. 대부분의 사람들이 그렇게 해. 그래서 한 번은 내가 물었지. '왜 너는 내가 어떻게 지냈는지 안 물어보는 거야?' 그러자 그가 대답하길 '네가 먼저 이야기를 하면 되잖아. 내가 시시콜콜 다 물어봐야 하는거야?'라고 하는 거야. 점차적으로 내가 생각하고 있는 것은 말로 표현해서는 안 되는 것들이라는 생각이 들었어. '이 세계에는 말로 들은 것들만이 존재하고 일어난다. 이것은 마치 자신이 노벨상을 수상하게 될 것이라는 그런 말도 안 되는 소리를 많이 들을 수 있는 것과 그 이유가 같다.' 물론 너는 내가 과대망상증이 있다고 이야기하겠지. 하지만 그렇지 않아. 그래서 나는 내가 말할 때

사용하는 단어에 더 신경을 쓰고 있어. 아니면 어떻게 설명해야 할지 모르겠어."

이야기를 다 들은 나는 마음이 불편해졌다. 왜냐하면 나도 그녀가 하루를 어떻게 보냈는지 물어보지 않았기 때문이다. 나도 사실 다른 사람들이 자신에 대해서 스스로 이야기하는 것을 듣는 것에 익숙해져 있었다. 제냐와 함께 있는 것은 내겐 행복 그 자체였다. 아마도 어느 순간 내 머리카락이 하얗게 되어도 전혀 느끼지 못할 것이다. 그런데 갑자기 그녀가 가야 된다고 이야기했기 때문에 나는 놀라지 않을 수 없었다. 그녀는 화장실에 다녀오면서 어느새 택시도 불러 놓은 상태였다. 난 항상 자신을 부주의하다고 생각했지만 이 정도는 아니라고 생각했다. 아마도 제냐가 완전히 나를 사로잡았기 때문일 것이다. 그녀가 간 뒤 나는 조금 더 앉아 있기로 했다. 나는 이곳의 차가 무척 마음에 들었다. 나는 제냐에 대해서 생각을 하였다. 나는 그녀가 나에게 관심을 가질 것이라고는 전혀 생각을 하지 못했다. 물론 그녀는 아름답다. 하지만 그걸로 충분할까?

옆 테이블에 앉은 한 쌍의 남녀가 나의 공상을 방해했

다. 나는 제냐와 나를 그들과 비교하기 시작했다. 막스는 남자와 여자는 서로가 서로에게 맞아야 한다고 말했다. 즉, 여자가 10점 만점에 10점이라면 남자는 적어도 8점은 되어야 한다는 것이다. 만약 둘 중 한 명이 6점에도 이르지 못하는데 짝이 10점 플러스라고 한다면 그 둘은 좋게 끝나지 않을 것이라고 했다. 나는 막스의 이 생각을 받아들였다. 그때 이후로 눈에 보이는 모든 커플에 대해서 점수를 매겼다. 옆 테이블에 앉아 있는 커플은 내 생각에 좋게 끝나지 않을 것 같다. 남자는 소박한 외모를 지닌 것처럼 보이지만, 전체적으로는 슈퍼스타 같다. 10점이다. 그런데 여자는 안간힘을 쓰지만 6점 이상은 주기 어렵다. 저런 여자는 내 마음에 들지 않는다.

그녀는 녹음기를 꺼냈고, 그때에서야 나는 그들이 커플이 아니라는 것을 깨달았다. 무언가 흥미로운 인터뷰를 하고 있는 것 같았다. 그는 외모로 보건대 아마도 지역 록밴드에서 기타를 치는 사람인 듯하였다. 그녀는 이런저런 특징으로 보건대 청소년 출판물에 관심을 가지고 있는 기자인 것 같았다. 그녀가 질문을 하면 할수록 나는 의자 등받이에 바짝 기대서 귀를 활짝 열고 몰래 둘의 이야기를 들었다. 나는 청소년 면에 기사를 쓰기 위해서 지역에서 커트 코베인이라고 불리는 사람과 인터뷰를 했던 기억이 떠올랐다(그때 내가 쓴 제목은 〈우리는 다른 사람과 달라, 더 나빠!〉 같은 것이었다.) 기사는 제목보다 두 배로 웃긴 글이었다. 한편 그녀는 "당신은 여자친구와 함께 마트를 가나요?" 라는 질문을 하였고, 찻잔은 한쪽으로 치워졌다. 그리고 다음에 "당신에게는 뭔가 편집증이 없나요? 예를 들어서 당신의 물건을 아무도 세탁을 하지 못하게 한다든가 말입니다. 당신은 직접 빨래를 하시나요?"라고 물었다. 이건 말 그대로 난센스다.

록 스타의 혼란스러워하는 답변에서 나는 그가 그만하고 싶어 한다는 것을 알 수 있었다. 그는 여러 번 여자 친구가 기다리고 있다는 것을 반복해서 말했고 많이 지쳐 보였다. 하지만 그녀는 막무가내로 인터뷰를 이어갔다. 진부한 저널리즘의 피날레는 투석기에서 나오는 돌과 같은 질문이었다. "미래에 대한 계획은 무엇입니까?"(그녀가 록 기타리스트에게 한 말이다). 불쌍한 사람은 물론 성공한 CEO는 안 될 것이지만 행복을 위해서 무언가를 할 것이라고 작은 소리로 중얼거렸다.

나는 이 질문을 왜 하는지 이해할 수 없다. 사람의 일은 결코 계획한 대로 되지 않는다. 그런데 어떻게 계획을 세운단 말인가?

나는 열세 살 때 자신을 돋보이게 하기 위해서 서로 짝이 다른 양말을 신고 다녔고, 열여섯 살이 되었을 때에는 집에서 같은 짝의 양말을 찾을 수 없을 정도였다. 나는 로마 외삼촌과 낚시를 갈 준비를 하면서 텔레비전을 통해 〈유로 뉴스〉를 보았다. 뉴스 속에서 스웨덴의 다섯 살짜리 꼬마 하나가 과자를 팔지 못하는 법을 만들어 달라고 총리에게 편지를 썼다고 하였다. 왜냐하면 과자를 사느라 돈이 하나도 남지 않았기 때문이다. 훌륭한 소년이다. 우리 편이다. 유엔에 편지를 써서 싱글맘들이 강제적으로 자신의 아들을 남자답게 만들지 못하게 하는 법을 만들어 달라고 해야 겠다. 로마 외삼촌과 함께하는 낚시는 정말 짜증나는 일이다.

로마 외삼촌은 언제나처럼 정확하게 시간을 맞춰서

왔다. 다만 이번의 경우에는 무언가 우울한 느낌이 그에게서 났다. 그는 괜찮다고 말하면서 푹 자지 못해서 그렇다고 했다. 와우! 난 그가 정해진 시간에 눕고 정해진 시간에 일어나는 줄 알았는데 그렇지 않았다.

좌대 위는 추웠다. 나는 좌대에 앉아 그 밑쪽으로 발을 내렸는데 거의 물에 닿을 정도로 내리고 있었기 때문에 발이 몹시 시렸다. 나는 물고기를 잡으려는 생각이 애초에 없었다. 잡혀도 나는 그것들을 다시 놓아줄 생각이다. 나는 낚시를 하는 체하면서 제냐에 대해서 생각을 하였다. 나는 로마 외삼촌에게 제냐 이야기를 하고 싶은 것을 간신히 참았다. 나는 제냐와 데이트를 계속하는 것에 대해 생각을 해 보았다. '계속'이라는 단어의 의미는 내 머릿속에서 떠나지 않았다. 결국 나는 이 단어를 '안정적인'이라는 말과 비교를 하기 시작했고, 그것은 내 마음에 들었다. 하지만 호수를 쳐다보면서 '안정적인 물'이라는 구절을 만들어 본 나는 '안정적인'이라는 말이 싫어졌다.

"싸샤. 자, 이리 와 봐." 곰돌이 푸가 갑자기 나를 큰 소리로 불렀다.

나는 고개를 돌려서 외삼촌을 보고는 놀라지 않을 수 없었다. 외삼촌은 엄격하여서 내가 함께 담배를 피우는 것도 허락하지 않았다. 그런데 그런 그가 담요 위에 플라스틱 잔을 올려 놓고 잔디 밭에 와인 한 병을 세워 놓고 안주 거리를 준비하고 있었다.

"외삼촌, 오늘 무슨 날이기라도 한 거야?"

"아냐, 그냥. 싸샤, 앉아라. 이야기나 좀 하자. 그냥 쉬고 싶을 뿐이야."

"그게 바로 내가 외삼촌한테 바라던 거야. 사실 외삼촌이 먼저 이럴 거라고는 전혀 생각 못 했어."

"무슨 말이야?"

"외삼촌은 뭐든지 규칙대로 하잖아. 어떻게 이야기를 해야 하나. 엄격하다고 해야 하나. 그러니까 뭐 그런 게 있었어. 외삼촌은 자신만의 루틴이 있는 것 같았어."

곰돌이 푸는 웃었지만 그가 즐겁지 않다는 것은 분명했다.

"네 말이 어느정도 맞아, 싸샤." 캠핑용 칼로 빵을 자르며 그가 말했다.

"나는 평생 올바르게 살려고 노력했어. 심지어 그렇

게 사는 것이 내겐 더 쉬웠던 것 같아. 나한테는 자연스러운 일인 것 같았어. 그런데 지금의 나는 잘 모르겠어. 모든 게 잘못된 것 같아."

그는 플라스틱 잔에 레드 와인을 따르고 그것을 내게 내밀었다.

"무슨 일이야?" 나는 로마 외삼촌과 일탈이라는 단어의 조합을 전혀 상상하지 못했다. 그의 체크 무늬 셔츠가 항상 벨트 아래에서 일탈하고 있다는 것을 제외하고 말이다.

"그냥 네게 하고 싶은 이야기가 있어. 남자 대 남자로 말이야. 낚시 따위는 신경 쓰고 싶지도 않아. 지금 난 그걸 생각할 여유가 없어." 그는 꿀꺽 하고 와인을 삼켰다.

"싸샤, 내게 여자가 생겼어."

그는 나를 보면서 어떤 종류의 반응을 기다리고 있었지만 나는 충격을 받아서 그에게 어떻게 반응을 보여야 할지 몰랐다.

"어떤 여자? 그러니까 애인?" 반쯤 마신 와인잔을 담요에 놓으며 바보 같이 물었다. 잔은 쓰러졌고 빨간 물이 천천히 흐르며 담요를 적셨다.

"글쎄, 그렇다니까. 언젠가 너도 나를 이해하게 될 거야. 내게는 아내와 두 딸이 있어. 그리고 매일 일을 하러 가. 저녁에는 강아지와 함께 산책을 하고, 주말이면 별장을 가거나 친구들과 고기를 구워 먹으러 피크닉을 가지. 그런데 갑자기 나이가 50이 된 거야. 나는 내 딸들을 너무 사랑해. 그래서 난 가족을 떠난다는 것을 상상할 수 없어, 알겠어? 타냐는 좋은 아내지. 그런데 이제 너무 무감각해진 것 같아. 아이를 낳아 줘서 고맙지. 젊음을 바쳤으니 고마워."

"오래된 거야…… 그러니까…… 애인 말이야?"

"반 년."

"그동안 그것을 감춘 거야?"

"응, 그게 문제야. 더 이상 감출 수가 없어. 난 네게 물어보고 싶었어. 알고 싶었다고. 어떻게 해야 할지 모르겠어……."

로마 외삼촌은 금방 술에 취하였고, 그의 말은 창가에 오랫동안 놓여 있던 사과처럼 되었다. 물컹해지고 냄새가 났다.

"한 마디로 딸들에게 어떻게 이야기를 해야 할지 모

르겠어. 어떻게 하면 이야기를 잘 할 수 있을까 하는 것을 네게 묻고 싶은 거야. 그러니까 '내게 다른 여자가 생겼고, 그냥 어딘가 갈 것이지만 가끔 보러 올 것이다'라고 바로 이야기하면 되나? 딸들은 어떻게 반응할까? 딸들이 나를 증오하고 나를 더 이상 보지 않겠다고 하면 어떻게 하지?"

그의 얼굴은 점점 더 붉어지고 있었고 내 머리 속은 완전히 엉망이 되었다. 그러니까 엄마가 신뢰를 하여 나에게 남성다움을 가르치라고 한 그 사람이 연계할 수 없는 두 단어 아내와 배신으로 문장을 만든 것이다. 겁을 먹고 타냐 외숙모에게 아무 말도 못하고 있다. 그런 그가 나에게 뭔가를 가르치고 있다. 이 낚시는 다 거짓이다. 무슨 얼어 죽을 진정한 남성다움이란 말인가! 하지만 난 그가 너무나 가엾다는 생각이 들었다. 사실 그도 나나 내 아빠처럼 머저리 계열이다. 만약 진정한 남자였다면 모든 것을 아내에게 말했을 것이다. 사랑은 예측할 수 없는 것이지 않은가! 외삼촌은 그럴 용기가 없었던 것이다.

"자, 이야기 좀 해 줘봐. 너, 엄마한테는 이야기하지 말아라. 알았지?"

"외삼촌, 내 생각에 그만 마셔야 할 것 같아." 하지만 그는 듣지 않고 포도주를 잔에 다시 따랐다.

"내 생각에 외숙모에게 이야기를 다 해야 할 것 같아."

"나도 여러 번 시도했지만 그럴 수 없었어. 너도 알다시피 외숙모는 내가 그럴 위인이라고 꿈속에서도 생각하지 못했을 거야. 외숙모는 완벽한 남편을 가지고 있다고 생각하고 있을 거야. 외숙모 친구들이 안다면 그야말로 말도 안 되지. 그들은 나를 모범 남편의 전형으로 생각하고 있거든. 그런 모범적인 인간에게 갑자기 애인이 생겼다고!"

"외삼촌은 사랑해?"

"누굴? 네 외숙모?"

"아니, 외숙모 말고. 애인 말이야."

"그래, 사랑하니까 문제지. 너도 그 여자를 봤다면."

"젊은 여자지, 아마도."

"서른 살."

"우와, 도둑이 따로 없네."

"그걸 이야기하자는 게 아니야. 네 생각에 딸들에게

어떻게 이야기를 해야 할 것 같냐? 그걸 묻고 싶은 거야. 너도 거의 비슷한 일을 겪었잖아. 네 아빠가 너와 엄마를 두고 떠났을 때 너는 아빠가 네게 어떻게 이야기를 해줬으면 하고 바랐던 거야? 그러니까 아무 말없이 네 아빠가 너를 떠나기를 바랐냐 아니면 진실을 이야기해주기를 바랐던 거냐는 말이야?"

"나는 지금 나와 함께 살고 있는 보통의 아빠가 있었으면 좋았을 것 같아."

로마 외삼촌은 침묵했는데, 그 이유가 수치심 때문은 아닌 것 같았다. 그는 자신의 사생활을 내게 이야기했다는 것이 갑자기 불편해졌던 것이다. 아마도 외삼촌은 내가 그를 못마땅해 하고 있다는 것을 느꼈던 것 같다.

"싸샤, 그러니까 이렇다는 거야. 내가 그냥 있으면 그것은 외숙모를 속이는 거야. 난 그렇게 할 수 없어. 나는 타냐 외숙모를 속이면서, 그러니까 실제로는 그렇지 않은데 외숙모를 사랑한다고 속이면서 사는 건 말도 안 돼. 안 그래? 만약 그런 식으로 산다면 나는 이것저것 타냐 외숙모의 단점을 찾아낼 거야. 끊임없이 부부싸움이 나는 거지. 그럼 아이들은? 아이들에게 그런 모습을 보여야 할까? 그들을 어떻게 대하여야 할지 도대체 모르겠어."

"외삼촌이 직접 말했잖아. 속이고 살 수 없다고. 그렇다면 답은 나와있는 거 아니야?"

나는 무엇 때문인지 외삼촌에게 매우 화를 내며 말했다, 마치 누군가가 내 눈에서 핑크빛 색안경을 벗긴 것처럼. 마이클 잭슨이 죽었다. 그리고 지금은 내게 많은 영향을 주었던 남자로서의 이상형이 죽은 것이다. 두 가지는 틀림없이 연관되어 있을 것이다. 다음엔 무슨 일이 일어날까? 나는 사실 지금까지 외삼촌이 그런 행동을 할 것이라는 것을 믿지 않았다. 그렇기 때문에 나는 어떻게 행동을 해야 하는지, 무슨 말을 해야 하는지 전혀 모르겠다.

"네 생각은 어때?" 로마 외삼촌은 완전히 취해 있었다. 그가 한 이야기는 모두 가짜, 그러니까 그가 생각해 낸 허구였고 실제로는 전혀 그러지 않을지도 모른다는 생각이 들었다. 아니 그러길 바랐다.

"내 생각에는 모두 다 외숙모에게 말해야 해. 딸들 생각은 할 필요 없어. 뭘 어쩌겠어. 아빠는 아빠로 영원히 남거든. 사라지지 않아."

나는 그가 주말마다 자신의 딸들을 방문하고, 외숙모는 딸들이 아버지의 새로운 가족을 방문하는 것을 허락하지 않는 것을 상상하였다. 엄마가 내게 아빠 전화를 바꾸어 주지 않는 것은 단순히 전화일뿐이지만 말이다.

"이제 넌 나를 미워하지, 그렇지?"

"아니, 내가 무슨 권리로 외삼촌을 미워해. 그냥 아빠와 있었던 일이 기억났을 뿐이야."

나는 더 이상 로마 외삼촌과 이야기하고 싶지 않았기 때문에 텐트로 갔다. 마치 사방에서 무언가가 나를 압박하는 것 같았다. 새들이 몰려 와서 나를 덮칠 것 같은 생각이 들었다. 마치 내가 아버지와 외삼촌과 같은 사람이 되는 것 외에는 다른 선택의 여지가 없는 것 같았다.

제냐가 다시 내 눈 앞에 나타났다. 나는 그녀의 마음을 아프게 하고 싶지 않다. 그녀는 너무 착하다. 그녀의 삶에 내가 나타났다. 내 생각에 그녀는 나를 믿는다. 내가 그녀의 믿음을 배신하지 않기를 바란다. 만약 배신을 한다면 나는 절대 나 자신을 용서하지 않을 것이다.

어쩌면 아직 우리 사이가 그렇게 깊어지지 않은 지금

제냐와 관계를 정리해야 할지 모른다는 생각이 들었다. 어쩌면 나는 혼자 사는 것이 더 낫지 않을까? 누군가의 삶을 망치지 않게.

술에 취하고 감정에 취한 외삼촌이 텐트 안으로 들어오더니 옆에 누웠다.

"잘 자거라, 싸샤. 당분간 엄마에게 이야기하지 말아줘, 알았지? 내가 나중에 직접 이야기할게. 조금 더 생각을 해봐야겠어."

곰돌이 푸가 코를 골기 시작했다. 하지만 나는 엄마에게 이야기를 해야 하나 하지 말아야 하나를 생각하느라 밤새 잠을 잘 수 없었다. 앞으로 어떻게 살아야 할지 걱정을 하였다. 어쩌면 이건 카스트와 같은 것이 아닐까? 네가 사람들을 버리고 떠나버리는 사람들 사이에서 태어났다면 너도 이를 피할 수 없다.

나는 당분간 엄마에게 아무 말도 하지 않기로 결심했다. 어쨌든 내 일이 아니니까. 낚시에서 돌아온 후 엄마가 다시 한번 로마 외삼촌을 모범으로 삼아 이야기를 할 때 나는 목구멍까지 올라오는 말을 간신히 참았다.

나는 다시 심리 치료사에게 가기로 결정했다. 내게는 이야기할 사람이 필요했다. 막스는 어딘가로 떠났고, 제냐에게 이 쓰레기 같은 이야기를 풀어 놓는 것은 불필요할 것 같았다. 제냐는 이미 자신의 일로 골치가 아픈 상태이기 때문이다. 내가 집을 나서려고 하는데 우리집으로 나텔 이모가 들이닥쳤다. 엄마가 그녀에게 현관문 열쇠를 주지 않는 것이 이상할 정도다. 그녀는 새로운 요가 CD를 어디선가 가져왔다. 나는 둘이 요가 하는 것을 안 보게 되어서 다행이라고 생각하였다. 하지만 그녀가 가방에서 쿠키를 꺼내는 것을 막지는 못했다. 엄마가 욕실에 있는 동안 낙타는 찻주전자를 가스불에 올려 놓고 봉지를 뜯기 시작하였다.

나는 다시 오두반치코프에게 갔다. 심리 치료사는 이미 나를 기다리고 있었다. 내가 상담실 안으로 들어갔을 때 그는 심지어 미소를 짓고 있었다. 나는 참을 수 없었고 그에게 모든 것을 쏟아냈다. 아버지의 운명을 반복할 것 같은 강박감, 로마 외삼촌에 대한 이야기, 제냐에 대한 이야기 모두를 말했다. 그는 고개를 끄덕이며 암시적인 질문들을 하였다. 특히 그는 엄마가 내게 아빠와 이야기하는 것을 허락하지 않는 것이냐고 내게 물었다. 나는 그렇지 않다고 말했다. 그러자 그는 아빠에게 편지를 쓰듯 글을 써 볼 것을 제안했다. 내가 아빠에게 하고 싶었던 이야기를 하나도 남김 없이 편지의 형식으로 글을 써보라고 했다.

"왜죠?"

"네게 무슨 일이 일어나고 있는지 내가 이해하는데 도움이 되거든. 자, 잘 생각해 보고 편지를 쓴 뒤 내게 한 번 더 와라. 네 머릿속에 생각나는 것 모두를 써야 돼. 아

빠가 그것을 읽을 것이라고 생각하고 말이야. 네 생각을
전부 이야기하는 것을 두려워하지 말고, 알겠지?"

그의 두 눈은 마치 아빠의 인자한 눈 같았다. 하긴 내
가 아빠의 인자한 눈이 어떤 것인지 알기나 하겠냐마는
말이다.

오두반치코프는 내게 표를 만들라고 하였다. 왼쪽에
는 내가 한 일, 내가 해낸 일들을 쓰고, 오른쪽에는 내가
못한 일, 내가 포기한 일들을 쓰라고 하였다.

그는 일주일의 시간을 주었다.

나는 자전거 라이더들이 자전거를 탔던 집 근처에 있
는 그 공원으로 가서 잠시 앉았다. 오늘 그곳에는 나루
토가 있었다. 그래서 나는 아주 기분이 좋아졌다. 그가
여기서 자전거를 타고 있다면 모든 것이 잘 된다는 것
을 의미하였다. 심지어 내 방의 창문에서 망원경으로 그
를 확인할 수 없으면 나는 불안함을 느끼기까지 하였다.
나는 그와 인사를 나누고 싶었다. 하지만 어떻게 인사를
나눌지 방법을 알지 못했다. 이런 식의 모험을 나는 무
서워한다. 그냥 아무 일도 없는데 다가가서 인사를 나누
고 싶지는 않았다.

우울해졌다. 매우 우울해졌다. 나는 제냐에게 SMS로 공원으로 오라고 썼다. 그녀는 생각보다 빨리 왔다. 그래서 나는 그녀에게 나루토에 대해서 그리고 이런 저런 이야기를 했다. 다음에 나는 로마 외삼촌에 대한 이야기를 참지 못하고 하였다. 제냐는 내가 세계에 대해서 너무 순진하게 생각하고 있다고 하였다. 그녀는 나보다 나이가 많다. 그러니 아마도 자신이 무슨 이야기를 하고 있는지에 대해 알고 있을 것이다. 일반적으로 여자는 남자보다 빨리 성숙해진다. 그렇기 때문에 그녀의 말을 들을 필요가 있다.

나는 제냐에게 내가 아빠의 운명을 되풀이할까 봐 두렵다고 말했지만, 그녀는 그것이 정상이라고 말했다. 그리고 그녀는 더 나쁜 상황에 있다고 하였다.

"무슨 상황인데?"

"글쎄, 그건 이야기하자면 너무 길어. 그리고 너는 나를 정말 미쳤다고 생각할 거야." 그녀가 미소를 지었다. 나는 모든 것이 잘 되고 있다는 생각이 들었다.

"우리는 서로에게 필요한 거지?"

"몰라, 그러니까…… 아니야, 넌 확실하게 내가 정신

이 나갔다고 생각할 거야."

"어서 말해 줘!"

"정 그렇다면. 나는 사람들에 대한 인식을 잘못 가지고 있어. 몰라. 나는 최근에 그 문제 때문에 심리 치료사에게 찾아갔던 거야. 하지만 여전히 그 문제로부터 벗어날 수가 없어. 그러니까, 예를 들어서 불꽃놀이를 보러 갔다고 하자. 앞에도 사람, 뒤에도 사람, 주변이 온통 사람들이지. 모두가 걸어가면서 웃고 마시고 여기 저기 병이 뒹굴고 있어. 나도 친구들과 함께 걷고 농담하고 그러지. 그런데 왼편에서 어떤 사람이 오고 있어. 그는 수레를 끌고 오르막을 오르고 있어. 그러니까 핫도그나 기념품 같은 것을 팔기 위해서 오는 거야. 난 갑자기 그가 불쌍하다는 생각이 들어. 모두가 놀고 있는데 저 사람은 저 빌어먹을 수레를 끌고가고 아무도 신경 쓰지 않아. 그에게도 아마 가족이 있겠지. 그의 옷에는 소시지 냄새가 배어 있을 거야. 결국 나는 눈에서 눈물을 흘리면서 그 남자의 운명 전체를 생각하게 돼. 이런 경우도 있지. 겨울이야. 어딘가를 가고 있어. 어딘지는 모르겠어. 주위는 어두워졌어. 대부분의 사람들은 이미 잠자리에 들었을 시간이지. 그런데 구석에서 한 남자가 청소용 트랙터를 운전하고 가면서 길거리를 청소하고 있어. 한 사람이 도심 전체를 청소하는 거야. 이게 말이 되는 상황이야? 그가 너무 불쌍한 생각이 들어! 그러면 나는 그때부터 집에 들어갈 때까지 생각을 하게 돼. 그의 아내가 그를 버리고 떠났어. 그는 아이와 함께 남겨진 거야. 그리고 그는 추위 속에서 밤에도 일을 해야만 해. 다른 사람을 시킬 수도 있는데 그 사람만 일을 시키는 거야. 아내가 바람난 남자와 도망을 갔어. 그래 의심의 여지가 없어. 그래서 그는 아이를 데리고 일을 해야만 해. 그는 트랙터 운전석 옆쪽 의자 위에 오래된 스웨터를 깔고 그 위에 아이를 뉘였어. 아이는 자고 있어. 아빠는 트랙터를 타고 도시 한 가운데를 가고 있고, 가로등 불빛이 그의 얼굴 위로 미끄러져. 나는 그것도 잊지 않고 기억해! 아침이 오면 피곤한 트랙터 운전자는 트랙터에 아이를 태우고 학교에 데려다 줘. 하지만 아이는 다른 아이들 앞에서 트랙터에서 내리는 것을 보여주는 것을 창피스러워 해. 왜냐하면 다른 아이들은 아빠의 차를 타고 등교를 하거든. 그런데 아이는 이 오래된 트랙터를 타고 등교를 하니 부끄러웠을 거야. 나는 비슷한 장면을 여러 번 봤어. 내 생각에 바로 그 트랙터 운전사가 자신의 아들을 등교시켰던 것 같아. 그리고 그들을 버리고 떠난 그의 아내를 생각하게 돼. 그런 식으로 계속, 뭐야? 응, 너 왜 웃고 있는 거야, 싸샤?"

"미안해. 나는 우리 둘의 미친 정도가 어느 정도인지 생각하고 있었어. 우리의 머릿속에는 빌어먹을 무엇이 있어." 나는 웃음을 멈출 수가 없었다. 눈에서 눈물이 나기까지 하였다. 제냐도 웃기 시작했다. 하지만 잠시 뒤 웃음을 멈추고 이야기를 계속했다.

"알다시피 나는 자주 내가 마주친 순간을 그대로 즐기지 못해. 나는 어느 순간 주위에서 일어나는 모든 것을 느끼기 시작하거든. 모르겠어. 어떤 사람인지, 어떤 종류의 피부를 가졌는지, 어떤 이야기를 가지고 있는지 세세하게 생각해 내. 그런데 그게 다 사실이 아니지."

"그래서, 심리 치료사는 뭐라고 해?"

"그는 내가 마조히즘적인 경향이 있다고 말했어."

"그래서, 정말로 그렇다고 생각하는 거야?"

"어느 정도는 그런 것 같아. 하지만 내 생각에는 몇

가지 이유가 있는 것 같아. 다만 아직은 잘 모르겠어."

"머리 아프게 너무 생각하지 마. 네 일은 내 것에 비하면 나쁠 것도 없네. 그러니까 네 경우는 인생의 시나리오가 쓰여 있지는 않잖아. 하지만 내 경우는 그렇지 않아. 마치 나를 위해 모든 게 결정된 것 같아."

"이런 생각이 들어. 그러니까 나와 너는 누가 더 정신이 이상한지를 두고 경쟁하는 것 같아." 제냐가 웃으며 말했다.

"그러게. 우리 엄마는 이게 다 할 일이 없어서 그렇다는 거야. 실제로는 아무 문제도 없다는 거야. 내 생각은 내가 신경 쓰게 만든다면 그것 자체가 문제라는 거고."

또다시 나는 제냐와 하루 종일 시간을 보냈다. 나는 혼자 있고 싶지 않다고 느꼈다. 사실은 혼자 있는 것보다는 그녀 없이 있는 것이 싫었다. 나는 하루 종일 그녀와 함께 지낸 후 그녀에게 잘 자라고 문자를 보냈다. 제냐도 잘 자라고 문자를 보내왔다. 나는 그녀가 다른 말을 더 보내주기를 원했다. 하지만 그녀는 더 이상 문자를 보내지 않았다. 아마도 이미 잠이 든 것 같다. 그렇지만 나는 계속해서 전화기를 확인하였다. 나는 편지나 문자를 받는 것을 좋아한다. 나는 전화를 직접 하는 것을 좋아하지 않지만 편지나 문자는 좋아한다. 나는 가끔은 전자우편으로 나 자신에게 편지를 쓰기도 한다. 나중에 받은 메일함에 진한 색으로 새로운 편지가 표시되는 것을 보기 위해서 말이다.

사방이 어두워진 밤, 나는 내 방 발코니에 서서 오랫동안 하늘을 바라보았다. 우리 집에서 멀지 않은 곳에 빨간 불빛이 빛나는 탑이 하나 있다. 비행기는 종종 그 탑을 지나쳐 가며 고도를 낮췄다. 그리고 어떤 비행기는 반대 방향으로 비행하며 고도를 높였다. 비행기들은 종종 위아래로 겹쳐서 날기도 하였다. 나는 지금 얼마나 많은 사람들이 공중에 있는지 상상해 본다. 그들은 생선요리, 고기요리 또는 닭고기요리를 먹을 것이다. 그들은 음료를 고르고, 서로 이야기를 한다. 하지만 그들 중 누구도 나를 보지 못한다. 나를 볼 수 없는 것이 다행이다. 왜냐하면 난 팬티만 입고 서 있기 때문이다. 나는 뭔가 마실 것을 가지러 발코니에서 부엌으로 가려고 걸음을 옮겼다. 그런데 그때 갑자기 노란색의 신발 상자가 발에 걸렸다. 마치 보물 상자 같았다. 그 안에는 잊고 있었던

CD들과 오래된 카세트 플레이어가 있었다. 이것을 어떻게 말로 표현할 수 있을까! 이런 행운이 내게 오다니! 마치 진짜 타임머신이 나를 과거로 보내준 것 같았다.

카세트 플레이어에는 "베이스"기능이 있었고, 난 당시에 환희에 빠져서 정신이 멍할 정도였다. 게다가 이 카세트 플레이어는 다른 것들보다도 훨씬 사이즈가 작았다. 판매원은 세미 디지털 제품이라고 강조해서 말했다. 얼마나 오랫동안 나는 이 카세트 플레이어와 시간을 보냈는지! 상자에서 조심스럽게 카세트 플레이어를 꺼냈다. 어쨌든 지금 잠을 잘 수 없을 것 같으니 발코니에서 카세트 플레이어를 듣는 것도 나쁘지 않다고 생각했다. 나는 다시 발코니로 나와서 카세트 플레이어를 켜고 그때로 돌아갔다. 카세트 테이프가 돌아가는 소리와 함께 음악 소리가 들렸다. 음악을 들으면서 나는 버튼들의 기능을 떠올렸다. 다른 노래를 바로 들을 수는 없다. 테이프를 감아야만 했다. 나는 내가 좋아하는 오래된 록음악 테이프를 가져왔다. 그리고 발코니에서 새벽을 맞이하였다. 제냐가 곁에 없는 것이 아쉬웠다.

그날 나는 처음으로 제냐의 집을 찾아갔다. 그녀는 불과 열일곱의 나이에 도시의 중심가에 원룸 아파트를 임대하고 있었다. 아니 정확하게는 그녀의 부모님이 그녀를 위해 임대해 주었다. 무슨 이유인지는 모르겠지만 그것이 내 마음을 불편하게 했다. 나는 엄마와 함께 살고 있다. 그런데 이 여리게 생긴 여자아이는 벌써 혼자 살고 있다. 그녀는 부엌에서 무언가를 준비하다가 옷을 갈아입기 위해서 화장실로 들어갔고, 나는 이곳 저곳을 살펴보고 있었다.

무엇보다도 나의 시선을 사로잡은 것은 벽에 걸린 사진들이었다. 사진 속에는 사람이 없었다. 사진에는 수많은 자전거들과 빨래줄에 널린 빨래들이 있었다. 유럽의 오래된 도시들처럼 집들 사이 나 있는 좁은 골목길이 있었다. 제냐는 빨래와 자전거가 있는 사진들이 그냥 마음에 끌린다고 하였다. 그녀는 덧문과 화분이 있는 사진도 좋아한다고 했다. 나는 그것도 알 수 있었다. 왜냐하면 그런 사진도 많았기 때문이다.

"아마도 이건 우리 조상이 바쿠에 살았기 때문일 거야. 그곳에서는 예전에 빨래들이 집과 집 사이에 널려 있었어. 아마도 혈통인 것 같아. 모르겠어. 한번 그곳에 가보고 싶어." 언제 나왔는지 부엌 쪽에서 제냐가 말했다.

밝고, 꼭 필요한 것들만 있어서 공간이 많은 제냐의 아파트는 내 마음에 꼭 들었다. 나도 자리를 못 잡는 가구들이 있는 것을 좋아하지 않는다. 그 다음 나는 담요 아래에서 삐죽 나온 벨벳으로 만든 고양이 머리 쿠션을 발견했다. 아마도 제냐는 이 고양이 머리와 함께 자는 것 같았다. 나는 미소를 짓고 그것을 꺼내려고 했다. 그때 제냐가 내게 다가왔다. 그녀는 짧은 반바지와 티셔츠를 입고 있었다. 날씨가 매우 덥기도 하였지만, 제냐는 낮에 있었던 이런 저런 일로 지쳐 있었다. 그렇지만 제냐는 아름다웠다. 연유색을 띤 햇빛이 그녀를 비췄다. 그 안에서 그녀는 반짝이는 것 같았다. 그녀의 얼굴은 투명한 톤의 사과처럼 싱싱해 보였다. 나는 그런 종류의 사과를 어떻게 부르는지 기억이 나지 않는다. 나는 그런 사과를 외할아버지 별장에서 보았다. 나는 "외할아버지, 저 투명한 사과 하나 따주세요."라고 말하곤 하였다.

"뭘 그렇게 보고 있는 거야?"

"난…… 난 …… 그냥. 너 참 아름답다." 아마도 나는 얼굴이 붉어졌을 것이다. 보통 때의 내 얼굴은 아주 창백한 편이다. 그렇기 때문에 얼굴이 붉어지면 바로 눈에 띄었다.

나는 조심스럽게 그녀에게 다가가서 뒤에서 그녀를 안아 주었다.

"너, 알고 있었구나." 그녀가 웃었다.

"뭘 알고 있었다는 거야?"

"누군가가 날 이렇게 안아주는 경우는 거의 없어. 하지만 난 이렇게 안아주는 것을 가장 좋아하거든."

나는 그녀의 목과 그녀의 등 윗부분에 키스하기 시작했고, 그녀는 믿을 수 없다고 반복해서 말했다. 그곳에 키스를 한 사람은 아무도 없었다고 하였다. 키스를 많이 받았지만 그곳은 받지 않았다는 것이다. 아마도 그녀에게 그곳은 비밀스러운 장소였던 것 같다. 그것은 누군가 뒤에서 접근을 한다면 배신이나 등 뒤에서 칼을 꽂을 것이라고 의심하지 않고 다만 키스를 기대할 뿐이라는 것이다.

우리는 카펫 위에 앉았다. 그리고 그녀는 노트북에서 기분 좋은 음악을 틀었다. 그리고 나서 그녀는 내게 '레일 레일 침목 침목'³⁾을 하기 시작했다. 믿을 수 없었다. 나는 어렸을 때부터 이 놀이를 좋아하였다. 5학년 때 짝꿍이었던 여자아이가 있었는데 나는 그 아이에게 이 놀이를 하자고 하기도 했다. 그런데 제냐도 그렇게 등을 쓰다듬는 것을 좋아하고 있었던 것이다. 우리는 시간 가는 줄 모르고 서로의 등을 마사지 해주면서 놀았고 어느새 주위는 어두워졌다. 그것은 우리가 섹스를 한 것보다도 더 많은 의미가 있었다. 나는 더 있겠다고 했다. 하지만 제냐는 내가 집으로 가는 것이 좋겠다고 했다.

나는 일어나서 집에 갈 준비를 하였다. 그런데 갑자기 그녀가 바닥에 앉더니 내 다리를 껴안았다.

"왜 그래, 제냐?" 나는 자리에 앉아서 그녀의 어깨를

---

3) 등을 쓰다듬어 주기도 하고 자극을 주기도 하면서 하는 마사지를 놀이로 승화 시킨 것으로 주로 어른들이 어린아이들에게 해 주는 것이다.

잡았다.

그녀는 아무 말없이 울기만 하였다. 그리고 너무 행복하다고 말했다.

그날 밤 집으로 가는 길을 나는 정확하게 기억하고 있다. 평생 동안 기억이 되는 날이 있다. 예를 들어 나는 아주 더웠던 어느 여름날을 기억한다. 낮에는 밖을 나갈수 없을 정도로 더웠다. 그런데 어느날 아침 난 일찍 일어나서 어딘가에 꼭 가야만 했다. 그런데 나는 일찍 일어나는 것을 정말 싫어했다. 당시에 나는 조금이라도 기온이 내려가는 일몰 때에나 외출을 하였다. 그런데 그날은 아침 일찍 일어나서 바깥으로 나갔다. 나는 선선한 기운에 너무 놀랐다. 아침의 선선함은 저녁에는 절대 느낄 수 없는 것이었다. 나는 노란색의 낡은 집들 사이를 걸었고 그것이 가능하다는 것을 믿을 수 없었다. 그 집들 사이를 끊임없이 걷고 싶었다. 이후에도 가끔 더운 여름날이 찾아 왔지만 더 이상 그날과 같은 여름날은 내게 없었다. 한번은 일부러 일찍 일어나서 그 정원으로 가보았다. 하지만 더 이상 그런 느낌을 가질 수 없었다.

나는 제냐의 집을 나와 집으로 가고 있었다. 모든 것

이 점점 더 나빠지고 있다. 아니, 물론 나도 행복했다. 하지만 또다시 모든 것을 망칠까 봐 두려워지기 시작했다. 나를 만나고 싶어서 계속 전화를 시도하는 불쌍한 아빠가 떠올랐다. 나는 한마디로 제냐의 삶을 망치고 싶지 않았다. 그녀는 저렇게 좋은 사람이고. 난 아마도 이제 곧 그녀 없이는 살 수 없게 될 것이다. 하지만 그녀는 더 나은 사람을 만나야 한다. 나는 그녀와 함께 하고 싶다. 너무나도 그러고 싶다. 그럼에도 그녀가 나와 함께 하지 않는다면 그것은 운명이다. 나는 그것이 온전히 내 탓이라는 것을 안다. 누구의 잘못도 아니다. 그녀가 나와 함께 있을 때 좋은 기분을 갖게 하기 위해서 나는 무엇이든 할 수 있다. 그녀는 내게 필요한 모든 것을 가지고 있다. 난 이 모든 것을 한 사람이 가지고 있다는 것이 두려웠다. 나는 그런 경우를 결코 본 적이 없었다. 아마도 나는 겁쟁이인 것 같다. 나는 집에 다 와서 열쇠를 꺼낸 후 보지도 않고 인터폰의 번호를 누르며 만약 그녀가 나를 떠나거나 내가 그녀로부터 떠나게 되면 힘들 것이라는 것을 정확하게 이해했다. 나는 그녀와 함께 해야만 한다. 누가 내가 반드시 아빠처럼 될 것이라고 했지? 비열

함은 상속이 된다고? 그렇다면 세상은 오래전에 사라졌어야 한다. 나는 내가 변화와 다양한 상황을 두려워한다는 사실을 알고 있다. 하지만 내가 왜 흐름에 편승해야만 하나? 요즘 너무 많은 문제들이 내게 쌓여 있다. 아빠와 문제, 제냐와 관계속에서의 나의 비겁함. 난 이제 더 이상 참을 수 없다. 아빠에게 상상의 편지를 써야겠다. 표를 만들어서 한 번 더 오두반치코프에게 가야겠다. 그가 세상에 이런 사이코도 있구나 하고 기뻐하게 하자.

예전에 나는 모든 사람들이 나를 사랑하기를 원했지만 지금은 내가 누군가를 사랑하면서도 두려워하지 않기를 바란다. 때때로 나는 사람들이 부족생활을 할 때에는 살기가 쉬웠을 거라는 생각이 든다. 아무런 생각 없이 남자는 사냥을 하고, 여자는 아이들을 돌보면 되었다. 그런데 지금은 그런 자연스러움은 없어지고, 심리치료사들 같은 이상한 직업을 만들었다. 온갖 것들이 복잡하게 연결되어 있다. 게다가 요즘은 남자들이 여자들의 세계에 대해 불편함을 느낀다. 여자들이 무엇을 생각하고 있는지 알아맞추려고 끊임없이 노력한다. 그런데 그것은 마치 로또 복권과 같다. 당신이 멘델레예프의 주기율표에 나오는 화합물의 수보다 더 높은 아이큐를 가지고 있는 슈퍼맨이라고 하더라도 여자 마음을 잘못 읽으면 상품을 주지 않는다. 내가 내 나이 또래의 친구들 같지 않다는 것인가? 그럴 수도 있다. 하지만 나는 오래전부터 나보다 나이가 많은 사람들과 대화를 하거나 친구를 맺고 있다. 나는 나보다 나이 많은 사람들을 더 좋아한다. 막스는 여자 이야기를 입에 달고 있지 않다. 하지만 나는 어떤가? 어쩌면 나는 아직 어려서 그렇게 하지 못하는 것일지도 모른다.

나는 아침부터 앉아서 결코 아빠가 보지 못할 편지를
아빠에게 쓰기 시작했다. 표도 만들어 놓았다. 나는 소
파에 앉아서 노트북을 켜고 무엇을 쓸 것인지 생각을 하
였다. 오늘 제냐를 보기는 힘들다. 그녀는 또 무슨 일이
있다고 했다. 그게 더 나을지도 모른다. 제대로 생각할
시간이 생겼으니 말이다. 이제는 내가 한 일에 대해서
내가 책임져야 할 나이이다.

나는 최대한 집중을 한 후 '안녕, 아빠'라고 두 단어를
썼다. 그러자 그때 바로 현관문 여는 소리가 들렸다. 엄
마였다. 그리고 나의 희망은 이루어지지 않았다. 엄마는
나텔 이모와 함께 왔다. 운동복 차림에 불그레한 얼굴을
하고 있는 것으로 보아 아침에 둘이서 조깅을 한 것 같
다. 늦게 일어나길 잘 했다. 안 그랬으면 두 사람은 나를

끌고 갔을 것이 틀림없다.

"싸샤, 뭐 하고 있어? 아침은 먹었어?" 거의 나를 쳐다보지도 않고 엄마는 샤워를 하러 가며 말했다.

"아니. 별로 먹고 싶지 않아, 엄마."

"아, 넌 내가 얼마나 힘이 드는지 모를 거야, 싸샤. 그런데 너는 여전히 쉬고 있구나." 나텔 이모가 대상들과 오랫동안 함께 걸은 낙타가 오아시스를 보고 물가에 널부러지듯 그렇게 소파에 주저앉으며 말했다.

'끔찍한 일은 왜 하필 나한테만 일어나는 거야!'하고 생각하는 사람들이 있다. 마치 다른 사람에겐 그런 일이 일어나지 않는 것처럼 말이다. 나텔 이모는 그런 사람 중의 한 명이다. 내 머릿속에서 어떤 일이 일어나고 있는지 그녀가 알 수만 있다면! 그녀는 다른 사람들이 그녀의 일이 모두 잘 되고 있다고 생각하지 못하도록 단어를 복잡하게 사용한다. 마치 자신의 일이 모두 잘 되고 있다는 것에 창피함을 느끼는 것 같았다.

나는 항상 이곳에서 똑같은 여자들과 함께 시간을 보내며 여자들을 어느 정도 이해할 수 있게 되었다. 둘의 이야기에 따르면 세상에는 매우 다양한 여자들이 있다. 예를 들어서 인형 같은 미모를 가진 여자들이 있다. 그들은 마치 헝겊 인형들 사이에 있는 도자기 인형처럼 눈에 띈다. 이런 여자들의 주된 일은 메이크업이다. 그들은 여성 잡지의 계명에 따라서 화장품 제조업자에게 수익을 제공한다. 만약 인형 같은 여자들이 아니었다면 화장품 카탈로그를 만드는 출판업자와 유통업체는 오래전에 파산했을 것이다.

성질이 고약한 여자들도 있다. 그들은 소리를 지르기도 하고 표현하기도 어려운 독기 어린 단어들을 쏟아내기도 한다. 또는 임신한 여자들처럼 한겨울 새벽 3시에 귤이 토핑으로 올려져 있는 화이트 초콜릿을 요구하기도 한다. 몇몇은 아예 자신을 여성-뱀파이어라고 생각하기도 한다. 남성뿐만 아니라 여성한테서도 피를 빨아먹는다. 그들은 눈에 띄는 모든 사람들의 피를 빤다. 한 명의 희생자의 피를 빨면서 또다른 희생자를 찾는다.

서둘러 결혼을 해야만 한다고 생각하는 사람들도 바로 그런 뱀파이어 중의 하나이다. 나는 그런 사람들을 줄여서 '성시경'이라고 부른다. 즉 '성공적으로 시집가기를 원하는 경우 없는 여자들'이다. 그런 사람들은 처음에는 아름다운 모습을 유지한다. 그들은 자세를 흐트러트리지 않은 채 행동도 요령 있게 잘 한다. 시집을 가기 전까지 말이다. 그들은 사력을 다해 후보자들에게 플러스 요인과 마이너스 요인을 매기면서 시집을 가기 위해 노력한다. 아마도 그들은 학창시절에 수학을 잘 했을 것 같다. 그들은 완벽한 공식(아파트+자동차+괜찮은 수입+재산 등)을 찾아내면 바로 정리를 한다. 그리고 이후에는 집에 앉아서 수입한 약의 도움으로 넘치는 킬로그램을 줄여 나간다.

이제 겨우 16살 밖에 되지 않았는데도 엄마처럼 행동하는 여자아이들, 즉 어린 엄마들이 있다. 이들은 사랑때문에 고민하는 불행한 친구들에게 언제든지 어깨를 내어줄 준비를 하고 있다. 그들은 누구에게 어떤 도움이 필요한지 항상 알고 있다. 문제는 '엄마' 역할을 하는 동안 주위의 모든 사람들을 자신의 자식처럼 생각한다는 것이다. 그러기 때문에 남자들은 그런 여자아이들에게는 아들들이 되는 것이다. 그들은 머리를 쓰다듬어주고 숟가락으로 밥을 먹여주고 담요로 감싸주기도 한다. 그리고 보통 그들은 싸움을 잘 하는 아줌마 또는 힘이 센 아줌마가 된다. 못을 잘 박기도 하고, 가구를 혼자 옮기기도 한다.

나는 너무 똑똑한 여자를 좋아하지 않는다. 그들의 좌우명은 "나를 제외한 모든 사람은 어리석다!"이다. 어려운 책들을 많이 읽고 고상한 음악들을 듣는다. 남자들은 그런 여자들로부터 "당신은 자신에게 어디까지 허용합니까?"라는 질문을 자주 듣는다. 이런 여자들은 페터 한드케를 읽지 않았으며 새로 나온 독일 영화도 보지 않았을 것이다. 피카소 예술 세계의 '장미빛 시대'가 무엇을 의미하는지도 모를 것이다.

아마존의 여전사 같은 여자들도 있다. 이들은 무의식적으로 고독한 늑대가 되어간다. 그들은 차를 운전하고 사업을 하며 아이를 키운다. 이 모든 것을 동시에 해치운다. 남자들은 그런 여자들을 무서워한다. 몇몇 아마존 여인들은 남자들과 전혀 차이점이 없다. 남성 셔츠를 입는 것을 아무렇지도 않게 느낀다. 그런 여자하고는 축구도 같이 할 수 있고 맥주를 함께 마실 수도 있다.

나는 제냐는 어떤 여자일까 생각하고 또 생각하였다. 제냐는 어린아이 같을까? 제냐는 정말 어린아이 같다.

공포영화를 보는 것을 무서워하고 불을 켜고 잠을 잔다. 돼지열병 뉴스를 보며 운다. 한번은 텔레비전에서 버려진 강아지를 보여주었는데 그때 그녀는 그 강아지를 분양 받기 위해서 전화를 했다. 그런데 이미 누군가가 분양을 받았다고 했다. 게다가 제냐는 그녀의 부모가 그녀가 길거리에서 데리고 온 고양이 몇 마리가 함께 살고 있다고 하였다. 그녀를 충격에 빠뜨린 것이 하나 있다. 〈설명이 필요 없다〉라는 방송 프로그램에서 살아있는 닭을 가지고 어떻게 다짐육을 만드는지 보여준 적이 있었다. 그런데 방송에서 움직이는 닭을 고기 다지는 기계로 넣는 장면을 보여주었다고 한다. 나도 그걸 직접 보았다면 울었을 것이다. 바로 그런 여자를 내기 마음 아프게 할 수도 있다. 어떻게 해야 한단 말인가! 만약 그녀가 성질이 고약한 여자였다면 내 마음이 이렇게 미안하지 않을 것이다. 하지만 그녀는 그렇지 않다. 나는 그녀를 보면 정신이 혼미해지고 마치 내가 그녀에게 어떤 요구도 해서는 안 될 것처럼 느껴진다.

시간은 흘러서 점심 때가 되었지만 편지를 쓰는 것에 진전이 없었다. 엄마와 나텔 이모의 끊임없는 대화가 나의 집중력을 흐트려 놓았다. 부엌에서부터 들려오는 두 사람의 목소리는 마치 텔레비전에서 나는 소리처럼 느껴졌다. 나는 그들의 이야기를 듣지 않기 위해 노력했다. 그럼에도 불구하고 내게 한 문장이 귀에 들어왔다. 아빠는 몇 차례 더 전화를 했는데 엄마는 내게 이야기를 해주지 않았다는 것이다. 나는 엄마가 내게 이야기라도 해줬으면 좋았을 것이라고 생각했다. 무슨 문제가 있단 말인가? 결국 내가 스스로 결정해야 하는 것 아닌가? 정말로 엄마는 내가 엄마를 버리고 '머저리'에게 갈 것이라고 생각하는 것일까?

마침내 나는 편지를 쓰기 시작했다.

안녕, 아빠.

마침내 아빠에게 편지를 쓸 수 있게 되었어. 엄마는 아빠가 전화할 때 내게 말할 기회도 주지 않았어. 하지만 난 가끔 아빠와 이야기를 하고 싶었어.

어떤 때는 아빠를 보고 싶다는 생각을 하기도 하지만 어떤 때는 그렇게 하고 싶지 않기도 해. 내 생각에 아빠는 매우 불쌍한 모습을 하고 있을 것 같아. 나는 아빠가 그렇게 보이는 것이 싫어. 아빠는 아마도 내가 왜 이러는지 잘 알고 있을 거야. 나는 아빠를 오래전에 용서했어. 하지만 엄마는 그런 것 같지 않아. 그럼에도 불구하고 두 사람의 일에 있어서 난 언제나 엄마 편이야.

난 아빠가 왜 이제야 나타났는지 이해를 할 수 없어. 난 이미 다 커버렸어. 엄마에게 아빠의 도움이 필요했던 때에 나타났다면 좋았을 것을. 엄마는 그때 몇 개의 일을 해야만 했어. 전에 난 그걸 잘 이해하지 못했어. 하지만 난 이제는 자랐고 사람들은 서로 사랑하지 않게 될 수도 있고 뭐 그렇다는 것을 알고 있어. 그렇지만 엄마를 도와줬을 수도 있었잖아? 만약 내게 가족이 생긴다면 나는 절대로 내 아이와 아이의 엄마에 대한 관심을 거두지 않을 것이고, 돈이 하나도 없게 놔두지 않을 거야. 맞아, 나는 내가 가지고 있는 음식과 돈을 모두 나누어 줄거야. 난 그림을 그리면서 살고 싶지만 그 일은 항상 돈을 많이 벌 수 있는 것은 아니야. 그래도 나는 돈을 벌려고 노력할 거야. 아직은 잘 모르지만 나는 대학에 가서 미술을 전공하고 싶어.

내가 왜 이런 걸 쓰고 있는지 모르겠어. 아마도 아빠 때문에 나는 여자와 사귀는 것을 두려워하는 것 같아. 물론 아주 짧은 그런 연애를 한 적은 있었어. 하지만 진지한 관계가 지속된다면 나는 지레 겁을 먹고 그만두려고 해. 잘 모르겠지만 난 아빠가 했던 것과 똑같이 행동할 것이라는 생각이 들기 때문이야. 무슨 말인지 알겠어? 내가 그녀를 버리고 더 젊은 여자를 찾아 떠난다든가 뭐 그런 짓을 할 것 같다는 거야. 아빠는 내 머릿속에 어떤 일들이 일어나고 있는지 전혀 모를 거야. 나는 그런 생각으로부터 벗어나지 못하고 있어. 난 심리상담을 받고 있어. 난 아빠가 어떻게 사는지 몰라. 하지만 아마도 심리상담을 하러 다니지 않을 것이고 여자들 문제로 골치가 아프지는 않을 거라고 믿어. 아빠는 열여섯 살 때 남자가 여자를 무서워한다는 것이 무엇인지 알아?

그리고 지금 나는 아빠가 나와 엄마에게서 원하는 것이 무엇인지 모르겠어. 내가 아빠와 이야기를 할 수 있었다면 지금의 나는 전혀 다른 모습이었을 거라고 생각해. 난 앞에서 이야기한 것 모두를 결코 잊을 수 없어. 어떻게 잊을 수 있겠어. 치마를 입은 모든 사람을 두려워하는데 말이야.

안녕, 아빠.

아빠의 장성한 바보 같은 아들이.

그리고 나는 표를 채우기 시작했다.

내가 할 수 있었던 것	내가 할 수 없었던 것
◆ 제냐와 인사하기	◆ 제냐에게 행복 주기
◆ 그림 그려서 돈 벌기	◆ 좋은 일자리 찾기
◆ 딱정벌레와 친하게 지내기	◆ 자전거왕 되기
	◆ 아빠와 이야기하기
	◆ 눈물 참는 법 배우기
	◆ 남자다운 남자 되기.

나는 표를 쳐다보았다. 그리고 한 번 더 할 수 없었던 것들을 확인했다.

저녁에 나는 심리 치료사에게 편지와 표를 가져가서 보여줬다. 내가 생각한 것처럼 특별한 이야기를 해주지는 않았다. 그는 내가 모든 것을 놓아주어야 한다고 하였다. 나도 잘 알고 있는 사실이다. 거기에 덧붙여 한 가지 좋은 아이디어를 주었다. 바로 내가 원했으며 내게 필요한 것이었다. 오두반치코프는 내게 아빠와 만나서 이야기를 해야만 한다고 했다. 지피지기는 백전백승이라고 하였다. 아빠에 대해서 많이 알게 되면 아빠의 행동이 내 자신의 삶에 투영되지 않도록 할 수 있다는 말을 하였다. 그는 내가 아빠를 만나서 이야기를 해보지 않으면 그 트라우마에서 벗어날 수 없다고 하였다. 이제 남은 것은 엄마를 설득하는 것이다. 물론 엄마 몰래 만날 수도 있다. 하지만 난 이런 일로 엄마를 속이고 싶지 않았다.

제냐 없는 날은 무기력하고 지루하게 지나갔다. 집으로 돌아왔을 때 엄마는 욕실에 있었다. 나는 소파에 누워서 어떻게 아빠와의 만남에 대해서 엄마에게 이야기할지를 생각하기 시작했다. 금요일 저녁이었다. 엄마는 아마도 일하느라 지친 상태일 것이다. 그런데 나의 바보 같은 제안으로 엄마를 더 힘들게 할 수 없다. 나는 마티니를 따라서 노트북 쪽으로 갔다. 화면에 엄마의 메일함이 열려 있었다. 나는 굵은 글씨로 쓰여 있는 새로 온 메일 몇 개를 볼 수 있었다. 그것들은 아빠로부터 온 편지들이었다. 나는 욕실 쪽에 귀를 기울였다. 물소리가 여전히 났다. 즉, 엄마는 그곳에 얼마 정도 더 있을 것이다.

페이지를 앞으로 넘겼다. 그리고 이미 읽은 표시가 있는 아빠의 편지들을 읽기 시작했다. 편지에서 아빠는 나를 만나게 해달라고 부탁을 했으나 엄마는 매번 매정하게 "안 돼."라고 대답을 하였다. 아직 메일을 다 읽지 못했는데 물소리가 멈추었다. 왜 그랬는지 모르겠는데 나는 내가 쓴 편지가 든 USB를 꽂았다. 그리고 엄마의 편지함에서 내 이름으로 아빠에게 편지를 보냈다. 편지를 보내기 전에 나는 아빠를 만나고 싶다고, 그리고 이 편지에 대해서 엄마는 전혀 모르고 있다고 첨부해서 썼다.

USB를 미처 제거하지 못했는데 엄마가 욕실에서 나왔다. 만족스럽고 행복해하는 모습이었다. 기분이 나쁘거나 추위에 떨었다면 거품 목욕이 답이다. 나는 엄마가 내가 그녀의 메일을 보았다는 것을 알아 차리기 전에 재부팅 버튼을 누르는데 성공하였다.

"오, 너 마침내 돌아왔구나." 엄마는 나를 안아주었다. "뭐 하고 있던거야? 이런, 컴퓨터로 뭘 했는데?"

"랙이 걸렸어. 재부팅하고 있었어. 아무래도 난 마이너스의 손인가 봐."

이제 나는 두 개의 비밀을 간직하게 되었다. 하나는

로마 외삼촌 것이고 하나는 내 것이다. 동시에 나는 제
냐와 모든 게 잘 될 수 있도록 노력을 해야만 한다. 그녀
는 내게는 하늘에서 내려준 선물과도 같은 것이다. 내가
아빠와 같은 사람이 아니라는 것을 증명해햐 했다. 처음
부터 이번 여름이 마음에 들지 않은 데는 다 이유가 있
었다.

나는 제냐와 우리집 창문 아래쪽에 보이는 공원에서 아침에 만나기로 했다. 나는 너무 일찍 나갔기 때문에 한 장소에 앉아 기다리지 않고 주위를 산책하기로 결정했다.

내가 아파트 현관 중 하나를 지나갈 때, 내 시야의 한쪽에 두 명의 여자가 문 앞에 서서 말하는 모습이 걸렸다. 한 명은 실내복을 입고 있었고 다른 한 명은 폴카 도트 드레스를 입고 있었다. 첫 번째 여자가 두 번째 여자를 배웅 나온 것 같았다.

"그런 죄 없는 삶……." 문 뒤에서 실내복을 입은 여자의 목소리가 들렸다. 한 사람이 다른 사람을 배웅을 하면서 한 말이다. '그런 죄 없는 삶.'

나는 이 '죄 없는 삶'이 무엇인지 생각하기 시작했다.

나는 그런 표현을 들어 본 적이 없었다. 심지어 돌아가서 무슨 뜻인지 여자에게 물어보고 싶은 생각까지 들었다. 하지만 그렇게 한다면 내가 미쳤다고 생각할 것이다.

나는 갑자기 내 삶이 죄 없는 삶이 되기를 바랐다. 나는 그 말이 무슨 뜻인지 이해를 못했다. 하지만 그런 삶을 살고 싶었다. 점차적으로 죄 없는 삶이란 자신의 아버지, 자신의 조상도 죄가 없다는 것을 의미한다는 생각이 들었다. 무서운 일이다. 하지만 유전자 없는 삶은 불가능하다. 어쩔 도리가 없다.

아빠가 엄마 메일로 쓴 편지에 답장을 썼는지 나는 알지 못한다. 왜냐하면 나는 내 이메일 주소를 쓰지 않았기 때문이다. 짐작컨대 아직 아빠가 답장을 보내기 전인 것 같다. 만약 보냈다면 엄마는 나에 대해 어떻게 생각하는지 모두 이야기했을 것이다. 아빠가 답장을 보내기 전에 엄마에게 이야기를 해야 한다. 안 그러면 엄마는 배신감을 느낄지도 모른다.

휴일이었다. 나는 어렸을 때부터 휴일을 특별히 좋아하지 않았다. 모두 어딘가로 여행을 갔지만 나는 집에 남아서 창밖으로 사람들이 바구니와 개들을 차에 싣고 주말 이틀 동안 어딘가로 수영하러 가거나 별장으로 쉬러 가는 것을 보았다. 그리고 그 다음 날 나는 그들이 돌아오는 모습도 보았다. 그들은 바구니에 버섯과 야생의 열매들을 가득 담고 왔고 몸은 태양 때문에 조금 붉어져 있었다. 나는 누가 몇 시에 오는지도 외우고 있었다. 그들이 어딘가를 갔다가 오는 동안 아파트 단지 내 주차장은 텅 비어 있었다. 그곳으로 가끔씩 할머니들이 하루 운동량을 채우기 위해서 지나갔다. 그 외의 일은 거의 일어나지 않았다. 아주 가끔씩 누군가가 커다란 수박을 들고 그것이 얼마나 맛있는지 상상을 하면서 만족한 표정으로 지나가곤 하였다.

오늘도 그런 휴일이다. 하지만 지금 나는 불안하다. MTB자전거 파크에는 아무도 없었다. 그것은 내가 좋아하는 사람이 자전거를 타러 오지 않았다는 것을 의미한다. 나루토가 보이지 않았다. 그리고 내 사진 속 다른 사람들도 보이지 않았다. 자전거 파크는 텅 빈 채로 있었다. 하지만 나는 가까이 다가갔을 때 누군가가 그곳에 앉아 있는 것을 볼 수 있었다. 제냐였다. 그녀는 조금 일찍 와서 그곳에서 나를 기다릴 생각이었다.

우리는 오랫동안 키스를 했다. 만약 누군가가 이 광장에 있는 우리를 찍어서 그 사진을 준다면 아마도 행복했을 것이다. 나는 그 사진을 내 방에 걸어 놓고 눈을 떼지 않았을 것이다.

하루 종일 우리는 도시를 천천히 걸어 다녔다. 나는 내 마음이 불안했다는 것을 까맣게 잊고 있었다. 나는 만약 내가 원한다면 제냐를 세상에서 가장 행복하게 만들 수 있다는 것을 깨달았다. 그녀도 나를 사랑한다고 말했다. 바보 같지만 내 얼굴이 빨개졌다. 하지만 처음으로 나는 도망가고 싶지 않았다. 나는 계속 걸어가고 싶었다. 그녀가 나를 믿을 때까지 계속 걷고 싶었다. 그녀에게는 확신이 부족하였다. 그래서 그녀는 모든 것을 두려워하는 것이다. 그렇게 모든 것을 두려워하면서 살 수는 없다. 그녀가 가장 무서워하는 것은 바로 높은 곳이었다. 반면에 나는 높은 곳을 두려워하지 않았다. 최소한 한 군데에서 나는 남자다울 수 있었다. 그녀는 높은 곳에 서면 자신에 대한 통제력을 잃고 만다고 내게 말했다. 그녀는 발 아래 펼쳐진 허공을 믿을 수 없다고 말했다.

우리는 마침 전망대 옆을 지나가고 있었다. 전망대 맨 꼭대기에서 빨간색 불빛이 깜빡이는 것을 보는 순간 내게 바보 같은 생각이 떠올랐다. 알면서도 나는 그것을 실행하겠다는 생각을 했다.

"여기에 올라 가 봤어?" 나는 아무렇지도 않은 듯 심드렁한 목소리로 제냐에게 말했다.

"뭐라고? 미친 거야! 난 고소공포증이 있다고. 말도 꺼내지 마!" 그녀의 손에서 열이 나기 시작했다.

그런데 나는 갑자기 귀신에 씌었는지 이 철탑에 무서운 것이 없다는 것을 증명하고 싶어졌다.

약 20 분 후 나는 그녀를 설득해냈다. 그리고 일은 점점 복잡해져 갔다. 나는 그녀가 그렇게 겁을 먹을 줄은 정말 상상도 하지 못했다. 한편으로는 흥미로웠지만 다른 측면에서 제냐는 자신의 공포심을 내게 전이시켰다. 하지만 나는 무서워하는 내 모습을 보여주지 않으려고 노력했다.

우리는 지상에서 약 2미터 정도 위에 있는 전망대의 첫 번째 층까지 오르는 데 거의 10분이 걸렸다. 두 번째 층을 올라가는 과정에서 상황은 훨씬 더 나빠졌다. 제냐가 울기 시작했고 더 이상 앞으로 가려고 하지 않았다. 나는 중요한 것은 꺾이지 않는 마음이며 자신을 믿고 나를 믿으면 된다고 이야기를 해주었다. 반 시간 후 우리는 한 층 더 올라 갔다. 그곳에서 그녀는 거의 얼어붙은 듯하였다. 그녀는 아래를 한 번 쳐다보더니 더 이상 움직일 수 없는 상태가 되었다.

"제발, 내려가자! 부탁이야, 내려가자!" 그녀는 히스테릭 발작을 일으키듯 소리쳤지만 난 그런 모습에 웃음이 나왔다. 하지만 난 그런 내 감정을 드러내지 않으려고 노력했다. 난 둘이 전망대 꼭대기까지 함께 올라가서 아래에 있는 거리를 바라보고 싶었다. 사실 주위가 너무 어두워졌기 때문에 올라가도 제대로 보이지 않을 것 같았다. 이런 속도라면 새벽녘에나 도착할 수 있을 것 같다.

내 자신의 인내심에 내가 놀랐다. 우리는 매우 천천히 움직였다. 나는 그녀의 백팩을 어깨에 올려 놓고 안전을 위해 그녀의 등 뒤에서 손으로 그녀를 받치면서 계단을 따라 올라 갔다. 두 시간 정도 지났고 우리는 마침내 정상에 올라갔다.

믿을 수 없었다. 이제 제냐는 고개를 내밀고 아래를 내려다보고 있었다. 그녀는 자신이 해냈다는 것에 대해 기뻐하지 않을 수 없었다. 그녀는 발뒤꿈치를 들고 서서 내 눈에 키스를 했다. 그녀가 이렇게 할 수 있었던 것은 모두가 내 덕분이라는 말을 끊임없이 반복해서 말하였다.

"내가 어떻게 여기까지 올라왔는지 알아? 그건 내가 너를 믿었기 때문이야." 그녀가 입술 옆에 키스하면서 말했다.

그때 무엇인가가 나를 찌르는 것 같았다. 그녀는 나를 믿는다. 물론, 나의 이 바보 같은 두려움은 그렇게 빨리 사라질 수 없다. 그것들은 다시 수평선에 있다. 난 갑자기 '내가 그녀의 신뢰를 져 버리는 등의 일을 저지르면 어떻게 하지?'라는 생각이 들었다. 하지만 우리는 다시 키스를 하였으며 나는 전부 잊어버렸다. 새벽은 아주 천천히 오고 있었다. 우리는 내 셔츠를 바닥에 깔고 그 위에 누워서 하늘을 바라보고 있었다.

내려가는 동안에는 올라올 때보다 더 우스꽝스러운 모습이 연출되었다. 물론 올라오는 것 보다는 쉬웠지만, 내려가는 데도 한 시간은 족히 걸렸다.

나는 제냐를 집에 바래다준 후 집으로 돌아왔다. 날

은 완전히 밝아져 있었다. 그녀와 함께 있으려고 했지만 또다시 그녀는 허락하지 않았다. 나도 강하게 밀어 부치지 않았다. 왜냐하면 나 자신도 아직 준비가 제대로 되어 있지 않았기 때문이다. 내게는 아직 처리할 문제가 있었다. 하지만 서두르고 싶지 않았다. 비록 저녁때마다 외로움이 밀려왔지만 말이다. 정말로 나는 내 반쪽을 찾은 걸까? 나는 행복한 상태에서 잠이 들었다. 만약 엄마가 주먹으로 내 방문을 쿵쾅거리면서 두드리지 않았다면 하루 종일 잘 수도 있었다.

"네가 어떻게 그럴 수 있어?" 엄마가 소리치고 있었
다. 하지만 나는 무슨 일이 일어나고 있는지 이해할 수
없었다. 엄마의 머리카락은 흐트러져 있었고, 목욕 가
운이 그녀의 몸에 걸쳐져 있었고 그 속에는 개가 그려진
파자마 바지가 보였다.

"뭔 말이야?"

"난 네가 내가 없는 데서 이런 짓을 할 거라고 전혀
생각하지 못했어." 그녀의 목소리에는 참혹함이 있었고
그것은 나의 기분을 언짢게 만들었다. 나는 엄마가 편지
에 대해서 모두 알게 된 것이라고 생각했다. 사실 어제
나는 그 이야기를 하지 못했다.

나는 거실로 나왔다. 그러자 그곳에 한 남자가 서 있
었다. 내 생각에 아빠인 것 같았다. 키가 컸다. 어깨까지

내려온 지저분한 머리를 하고 있었으며 피곤하고 지친 모습이었다.

"누구야?" 나는 드로즈 하나만 입은 채 엄마 앞에 서서 만약의 경우를 대비해서 엄마에게 물었다.

"네 생각은 어떠냐? 네 아빠다! 네 아빠에게 편지 쓴 적이 없다고 이야기하지 왜?"

"여기를 왜 온거야, 아빠?"

"안녕, 싸샤." 그는 어색하고 빠르게 손을 흔들었다. "네가 나랑 이야기하고 싶다고 편지를 썼잖아. 그래서 달려온 거야. 나는 네 엄마가 우리의 대화를 가로막고 있는 것은 잘못되었다고 생각해. 가서 옷을 입고 오거라, 이야기를 하자."

"가서 옷을 입고 오거라." 엄마가 아빠를 흉내 내며 말했다. "왜 와서 남의 아이에게 이래라 저래라 하는 거야? 쟤를 봐! 너는……." 엄마는 내게 고개를 돌렸다. "너는 왜 아무 말 못하는 거야? 넌 어떻게 나 모르게 편지를 보낼 생각을 한 거야?"

"두 분은 내게 옷 입을 시간을 주실 건가요, 안 주실 건가요?" 나는 방으로 돌아와서 티셔츠와 반바지를 걸치고 욕실로 갔다.

나는 아빠가 이렇게 갑자기 찾아온 것에 대해서 기분이 나빴다. 예고도 없이 오다니. 팬티만 입고 있는데. 하지만 나를 더 기분 나쁘게 한 것은 아직 엄마에게 말하지 못했다는 것이다. 나의 손은 떨리고 있었다. 긴장해서 이를 닦던 나는 잇몸을 칫솔 몸으로 세게 건드렸다. 피가 났다. 그것은 치약과 함께 세면대로 떨어졌다.

거실로 돌아왔을 때 아빠는 일인용 소파에 앉아 있었고 엄마는 기념비적인 소파에 앉아 있었다. 엄마의 얼굴은 완전히 빨갛게 변해 있었다. 나는 또다른 일인용 소파에 앉았다. 그리고 아빠를 쳐다보았다.

"싸샤, 어디 가서 함께 이야기를 하자. 내 생각에 우리는 서로에게 할 말이 있는 것 같은데 말이야." 아빠는 마치 내가 놀랄까 봐 겁내는 것처럼 조심스럽게 말했다.

"난 잘 모르겠어. 왜 아빠는 온다고 말도 없이 온 거야?" 나는 시간을 벌기 위해서 그리고 아빠와 무슨 이야기를 할지 아니면 내가 아빠와 이야기를 해야 할지 결정을 하기 위해서 아빠에게 물었다. "엄마, 엄마 생각은? 나 가도 돼?"

"넌 아빠에게 편지를 쓸 때에는 내 의견을 전혀 물어보지 않았잖아! 둘이 원하는 대로 해. 똑같은 사람들이니. 하나나 둘이나!" 엄마는 방으로 들어가서 문을 쾅 소리 나게 닫았다.

"자, 갈까?" 아빠가 물었다. "엄마는 그동안 진정될 거야."

나는 급하게 옷을 차려 입고 아빠와 함께 집밖으로 나왔다. 나는 심지어 아빠를 어떻게 대해야 할지 알 수가 없었다. 내 삶에 아빠는 한 번도 없었기 때문이다. 그러니까 아빠는 이론적으로는 있었다. 하지만 실제로는 손을 잡아야 할 아빠가 없었다는 말이다. 유치원을 다녔을 때부터 나는 엄마가 나를 데리러 오지 못하는 경우에도 아빠가 아닌 엄마 친구들의 손을 잡고 집으로 갔다.

"어디로 갈까?"

"몰라. 상관없어." 난 계속해서 시간을 끌었다.

"여기 너희 동네에 좋은 레스토랑 같은 거 없냐?" 아빠의 '너희 동네'라는 말이 나를 화나게 했다. 이 말은 아빠가 나와 엄마를 완전히 다른 사람 취급한다는 것을 의미한다.

"'우리 동네'에 좋은 레스토랑 있어."

"그래, 그럼 거기로 가자." 아빠가 미소를 띠었다.

솔직히 말해서 어디를 가든 내겐 마찬가지였다. 아빠가 레스토랑을 원한다면 레스토랑으로 가면 된다. 계산서에 금액이 많이 찍히는 것을 통해서라도 아빠에게 자신의 죄를 씻을 기회를 주어야 한다. 무엇 때문인지 나는 계속해서 비아냥거리고 싶었다.

우리는 이탈리아 레스토랑에 들어가서 창문 옆에 앉았다. 언젠가 한번 나는 여자친구를 여기에 데리고 온 적이 있었다. 그때 우리는 바로 이 자리에 앉았다. 나는 카페의 창가에 앉는 것을 좋아한다. 거기엔 뭔가가 있다. 그것은 마치 무슨 첩보작선과 같은 것이다. 아마도 그렇기 때문에 나는 내가 모습을 드러내지 않은 채 창문을 통해 사진을 찍는 것을 좋아하는 것 같다.

아빠는 레드 와인과 파스타를 주문했다. 나는 음식에 대해 생각할 여유가 없었다. 아빠는 내게 무언가 맛있는 음식을 먹이려고 했지만 나는 그냥 와인만 마시기로 결정했다.

"너는 편지에 여자친구와 문제가 있다고 썼다." 종업

원이 와인을 가져왔을 때 그가 말을 시작했다.

"응, 문제가 좀 있어. 아빠도 왜 그런지 잘 알잖아."

나는 아빠와 보다 부드러운 톤으로 이야기를 하고 싶었다. 하지만 왜 그런지 그렇게 되지 않았다. 솔직히 말해서 나는 그를 보게 되어서 어느정도 기분이 좋았다. 하지만 엄마와 나를 힘들게 했다는 생각에서 벗어날 수 없었다. 우리는 지금 값비싼 식당에 앉아 있지만 엄마는 이런 곳에서 나를 먹여 살리기 위해서 그릇을 닦았다. 내가 상상했던 아빠와의 만남은 지금보다는 훨씬 드라마틱했다. 사람들은 상상 속에서 실제로 일어날 일을 미화하는 이상한 경향이 있다. 상상 속에서는 모든 일이 훌륭하지만, 실제로는 엉망으로 연출되는 것이 대부분이다.

"고집 피우지 말고, 설명해 봐."

"뭘 설명하라는 거야? 편지에 쓴 게 다야. 심리 치료사가 아빠와 대화를 하면 도움이 될 거라고 했어. 그래서 그렇게 한 거야. 뭐, 뭐가 도움이 되는지는 아직 모르겠어."

"솔직히 나도 마찬가지야. 하지만 그가 그렇게 이야

기했다면 뭔가가 있겠지. 아니면 함께 심리 치료사에게
가보는 것은 어때?" 아빠가 잔에 와인을 따랐고 나는 아
빠의 얼굴이 낯설게 느껴져서 창밖만 바라보고 있었다.
우리 둘의 얼굴 어디가 도대체 닮았다는 걸까? 아직 그
런 비슷한 부분을 찾지 못했다.

"아니, 내 생각에 심리 치료사 없이 문제를 해결할 수
있을 것 같아. 뭣 땜에 제3자가 우리 관계에 끼어들게 만
들어? 아빠, 나를 무서워하는 거야? "

"아니 안 무서워해. 그냥 나는 우리가 평범한 사람들
이 그렇듯 대화를 하고 싶을 뿐이야. 너 다시 비아냥거
리는 거구나."

정말 좋은 와인이었다. 다만 이런 상황에서 그것을 마
신다는 것이 안타까웠다. 와인의 이름을 기억했다가 집
에 갈 때 사 가야겠다.

"뭔가 먹을 걸 좀 주문하는 게 어때? 너 아침부터 아
무것도 먹지 않았잖아?"

왜 부모들은 자식들을 그렇게 먹이려고 애쓰는 것일
까? 부모님들에게 전화를 하면 제일 먼저 물어보는 것이
'밥은 먹었냐?'이다. 마치 다른 문제는 안중에도 없는듯.

실제로 음식은 중요한 것이 아니다. 아마도 이것은 해변에서 살기 시작한 조상들로부터 전해 내려오는 전통일 것이다. 예전에는 아이들에게 먹을 것을 준다는 것은 모든 일이 잘 되고 있으며, 그래서 이렇게 음식을 먹이고 있다는 것을 의미했을 것이다.

"그러니까 너는 여자애들과 정상적으로 사귀지 못하고 있다는 거고, 그 이유는 네가 나중에 그 아이들을 버릴까 봐 그렇다 그런 거냐?" 파스타를 몇 번 먹은 후 보다 안정적인 모습을 되찾은 아빠가 이야기했다.

"응. 내가 보기에 거기엔 아빠의 잘못이 있는 것 같아."

"그래, 내 잘못이 있지. 하지만 내 이야기를 들어봐. 모든 사람은 자신의 삶에 대해서 책임을 져야 돼. 네 할아버지, 그러니까 내 아버지, 넌 아마 기억 못 하겠지만…… 이렇다. 그는 알콜중독자였어. 그는 상점을 터는 강도질을 하기도 했어. 넌 내가 술을 마시고 강도질을 하고 그럴 것이라고 생각하냐?"

솔직히 말해서 눈 밑의 어두운 그림자는 아빠가 정기적으로 술을 마시고 있다는 것을 보여준다. 하지만 강도질에 대해서는 그가 옳다.

"아마도 할아버지는 할머니를 버리지 않았겠지."

"그는 외도를 하기는 했어."

"그러니까 내 유전자는 바꿀 수 없다는 거지." 나는 미소를 띠며 와인잔에 담긴 술을 다 마셨다.

"두 말하면 잔소리지. 넌 벌써 아침부터 술을 마시는 구나. 넌 벌써 주어진 길로 가고 있어. 정말로 나는 널 도와주고 싶어. 하지만 어떻게 도와줘야 할지 모르겠어. 네 엄마는 내가 마치 영웅이라도 된 것처럼 모든 것을 도와줄 준비를 하고 왔다고 했어. 어느 정도는 그렇지. 전혀 안 그러는 것보다는 좀 늦은 게 낫지 않아, 안 그래?"

"이제야 알겠네. '안 그래?' 하고 항상 반복하는 내 바보 같은 버릇이 어디서 생긴 건지." 내가 웃었다. "아니야, 내 유전자는 분명히 어떻게 할 수 없어."

"난 정말 널 도와주고 싶어."

"왜 그때 우리를 버린 거야?"

"난 어렸어. 유명한 사람이 되겠다고 항상 생각 했어. 내가 네 엄마를 만났을 때 난 인기있는 그룹에서 기타를 연주했어. 난 연주를 제법 잘 해서 이곳 저곳에서 초대를 받아서 다녔지. 그러다 네 엄마 소피야를 보자마자 사랑에 빠졌어. 나는 그녀와 함께 있었던 2년이 너무 행복했어. 그 다음 네가 태어났지. 난 그 순간을 아주 명확하게 기억하고 있어. 난 기뻤어. 정말이야 기뻤어. 다만 갑자기 무서워졌어. 하루 종일 너만 돌보고 있는 소피아를 보면서 나는 이상한 질투심이 생겼어. 넌 그걸 이해하겠어? 그녀는 내게는 관심도 주지 않았어. 지금이니까 이렇게 편하게 이야기하지. 그때에는 난 아이에게 엄마가 항상 필요하다는 것을 이해하지 못하고 있었어. 그래 엄마에게도 아이가 항상 필요하지. 난 나에 대한 그녀의 관심이 사라졌다는 생각이 들었어. 나는 평생 그렇게 될 것이라고 생각했어. 그러니까, 그럴 때 한 콘서트에서 마샤를 만났어. 마샤는 우리 밴드의 팬이었어. 그녀는 단순히 나를 존경했지. 그때 내게는 그런 것이 필요했지. 네 엄마가 다 알아버렸어. 엄마는 내 이야기를 들으려고도 하지 않았어. 난 몇 번이고 엄마를 다시 돌아오게 하려고 했어. 하지만 소용이 없었어. 솔직히 말해서 그때에는 아마도 난 네 엄마를 사랑하지 않았던 것 같아. 난 너를 보고 싶었어. 하지만 엄마는 내게 허락을 해주지 않았어. 마샤 이후에도 다른 여자들이 있었어. 나는 그때 관심을 받는 것을 좋아했거든. 난 너와 엄마를 도와주고 싶었어. 하지만 돈이 없었어. 밴드에서 기타를 쳤고 유명해지기를 고대했지. 하지만 유명해지지 못했고 나는 점점 너와 엄마한테서 멀어졌어."

아빠는 잠시 동안 말없이 있다가 와인잔을 비웠다.

"그래서 나는 그냥 떠났어. 더 이상 내가 할 게 없다고 생각한 거야, 알겠어? 너한테 갈 수도 없고, 이곳엔 내 실패의 기록만이 가득하였던 거야."

"아빠는 그냥 도망친 거야." 내가 갑자기 말을 끊으며 말했다.

"그래. 아마도 네 말이 맞을 거야. 그때 나는 어렸고, 무슨 일이 일어나고 있는지 이해를 못했던 거야. 아이, 밴드, 소피야와의 이별 등 모든 게 내게는 너무 힘든 일이었어. 나는 소피야에게 떠난다고 편지를 썼어. 그리고 내 주소를 알려줬어. 나는 모스크바에 가서 유명해지면 그녀와 네게 얼마간의 돈을 보내주겠다고 했어. 하지만 난 유명해지지 못했어. 그래서 돈도 보낼 수가 없었어. 그때 나는 모스크바에서 내가 누군지도 잊은 채 다람쥐

쳇바퀴 돌듯 살았어."

"그러니까 아빠가 떠날 때에는 이미 아빠는 엄마를 사랑하지 않았다는 거지?" 나는 그것을 믿고 싶지 않았다. 솔직히 말해서 나는 아빠가 엄마 때문에 괴로워하고 엄마에게 돌아가고 싶어서 힘들어하고 그랬기를 바랐다. 하지만 그것은 내 환상 속에서만 그랬던 것이다.

"그렇지, 난 더 이상 네 엄마를 사랑하지 않았어."

나는 거의 반사적으로 '내가 제냐를 더 이상 사랑하지 않게 되는 순간이 오지 않을 것이고 난 그녀를 떠나지 않을 거야.'하는 생각을 하였다.

나는 사랑하지 않게 되지 않을 것이다. 그러므로 버리지 않을 것이다.

나는 사랑하지 않게 되지 않을 것이다. 그러므로 버리지 않을 것이다.

나는 내가 아빠와 같지 않다는 것을 나 자신에게 증명하기 위한 철옹성을 구축하려고 노력했다.

"지금 엄마에게 누가 있어?"

"왜 묻는데?"

"그냥. 엄마에게는 강한 남자가 필요해. 나 같은 사람

말고.”

“이런저런 남자들이 엄마 곁으로 오긴 했는데 오래 머무르지는 못하는 것 같아. 나는 엄마가 막스 형과 친하게 지내길 바라는데 전혀 그렇지 않아. 무슨 이유인지는 잘 모르겠어.”

“막스가 누구냐?”

“내 친구. 좋은 친구야. 그는 내게 아빠와 같은 존재야.”

“그렇단 말이지.”

“응, 그래.”

아빠는 계산을 하고 팁을 남겼다. 우리는 거리로 나왔다. 하루는 이미 자신의 아름다움을 한껏 보여주고 있었다. 태양은 빛나고 있었지만 덥지는 않았다. 내가 좋아하는 날씨다.

“난 너하고 이야기하고 싶은 것이 하나 더 있다.” 우리는 찻길을 건너갔고, 아빠는 담배에 불을 붙인 후 말했다.

“무슨 이야기?” 나도 담배를 꺼냈다. 그리고 피우기 시작했다.

"너 담배를 피우냐?"

"가끔. 내 몸에는 바보 같은 유전자가 있잖아." 라이터가 켜지지 않았고 난 짜증이 났다.

"슬림을 피우는구나." 아빠가 웃은 후 자신의 라이터를 켜주었다. 그렇게 하고 싶지는 않았지만 아빠 라이터로 담배에 불을 붙였다.

"응, 장미색 슬림. 남자 답게. 아빠는?" 나는 갑자기 흥분했다. "난 이 맛에 익숙해. 평범한 거야. 담배 같은 느낌. 아무 향 없고. 그런데 아빠가 하고 싶은 말이 뭐야?"

"너, 그림을 그린다고 했지. 그렇지? 네가 내게 그렇게 썼어."

"응, 그림을 그려. 사람들이 그러던데 나쁘지 않게 그린대."

"모스크바에 내 친구가 있어. 그는 미술대학에서 근무를 하지. 입학하는 것을 도와줄 수 있어."

나는 웃었다. 아버지는 적극적으로 말했다.

"진심이야. 네가 그곳에 들어가기를 원한다면 말이다."

"나도 알아, 아빠가 어떻게 해서든 나를 도와주고 싶어한다는 것을 말이야. 하지만 필요 없어. 만약 내가 어디를 가겠다고 결정했다면 내가 직접 알아서 들어갈 거야. 난 혼자서 잘 할 수 있어."

"생각해 봐, 그곳은 우리 나라에서 제일 좋은 대학교 중 하나야."

"의심하지 않아." 난 담배꽁초를 쓰레기통에 버리고 제냐를 떠올렸다.

내가 동의를 한다면 그렇게 될 수 있을 것이다. 그러니까 내가 엄마 곁을 떠나는 것이다. 내가 열여섯 살이 되었을 때 나타난 아빠랑 함께 가면 말이다. 하지만 난 엄마에게 그렇게 할 수 없다. 게다가 누군가 대신해서 내 문제를 해결해주는 것을 난 좋아하지 않는다. 난 아빠 도움 없이 내가 가고 싶은 곳으로 갈 것이다.

아빠는 친척집(엄마는 아빠가 우리 집에 머무는 것을 당연히 허락하지 않았다.)으로 갔고, 나는 제냐에게 갔다. 아침에 일어난 일을 내가 말을 해주자 제냐는 참지 못하고 울기 시작했다. 그녀는 나를 안더니 머리를 쓰다듬어 주었다. 나는 그녀의 손이 내 머리를 만지는 것을 좋아한다. 또다시 나는 이 시간이 영원히 지속되었으면 좋겠다는 생각을 하였다. 잠시 후 나는 그녀에게 머리를 감겨 달라고 했다. 머리를 감고 나니 마음이 훨씬 가벼워졌다.

"너 자신에 대해서 이야기해 줘. 넌 이제 나에 대해서 많은 것을 알고 있어, 그런데 난 아니야. 게다가 넌 항상 말이 없었어."

제냐는 아무 말없이 일어서더니 책장으로 갔다. 그곳에서 그녀는 앨범 속 사진 한 장을 가져왔다.

그 사진 속에는 작은 여자아이가 물고기가 그려진 원피스를 입고 서 있었다.

"나는 물고기야." 그녀는 나를 향해 미소를 지었다. 나는 실제로 그녀가 물고기라고 생각하였다. 아름답고 똑똑한 물고기.

"이건 내 첫 번째 사진이야. 이때는 아직 선생님한테 놀라지 않았을 때야. 하지만 원피스에는 물고기가 이미 있었어." 그녀가 말했다.

나는 그녀의 얼굴을 보았고, 그녀의 얼굴은 완벽하게 아름답다는 것을 점점 더 확신하게 되었다. 그녀의 속눈썹에 그려진 마스카라가 약간 번져 있었다. 내가 돈을 많이 벌게 되면 제냐에게 가장 좋은 마스카라를 사줘야겠다고 생각했다. 보통 때의 그녀는 화장을 하지 않는다. 다만 속눈썹만 칠했다. 나는 그것이 마음에 들었다. 우리가 키스를 할 때 아무런 뒷맛도 없었다.

또한 그녀가 쇼핑하는 것을 좋아하지 않는 것이 내 마음에 든다. 하루는 함께 그녀의 청바지를 사러 갔던 적이 있었다. 나는 그녀가 옷을 입어보는 것을 좋아하지 않는 것을 보고 놀랐다. 그녀는 피팅하는 것을 정말 싫어했다. 나는 다샤나 다른 여자들과 다니는 것에 익숙했었다. 그들은 거의 세 시간 동안 옷을 골랐다. 그런데 제냐는 그렇지 않았다.

최근 제냐와 나는 부쩍 가까워져서 더 이상 그녀의 어깨에 기대 우는 것도, 내가 생각하고 있는 모든 것을 이야기하는 것도 부끄러워하지 않았다. 어딘가 멀리 갔다 올 때에 집을 맡길 수 있는 사람이 있다. 그런 의미에서 난 제냐에게 집뿐만이 아니라 내 인생을 맡길 수 있다고 생각했다.

나는 그녀의 생리가 언제인지도 알았다. 그녀는 자신의 생리주기를 잊었지만 나는 기억하고 있다가 그녀에게 필요한 생리대를 사주었다. 그녀는 마치 내가 자기 여자친구인양 농담을 하기도 하였다.

내가 집으로 돌아왔을 때 엄마는 마티니를 마시면서 텔레비전에서 보여주는 전혀 무익한 프로그램을 보고 있었다.

"아, 배신자가 왔군." 엄마는 이미 약간 혀가 꼬부라진 발음으로 나를 맞이하였다. 엄마는 아침과 똑같은 실내복에 똑같은 파자마를 입고 있었다.

엄마는 꽁지머리를 하고 있었다.

"엄마, 괜찮아?"

"네, 걱정하셨어요? 제가 어떻게 될까 봐요?"

"엄마, 이제 그만 마셔." 나는 그녀의 손에서 마티니 병을 빼앗았다.

"물론이지!" 엄마는 병을 다시 빼앗으려고 했고 마티니가 소파와 러그에 흘렸다.

"그래, 그 머저리가 네게 뭐라고 하든?"

"그냥 이런 저런 이야기를 했어. 별 이야기 없었어."

"둘이 무슨 이야기를 했는지 말해주지 않겠다고?"

"옛날 이야기. 엄마 아빠에 대한 이야기. 어떤 일이 있었는지." 나는 아빠가 제안한 대학교에 대해서 이야기를 할까 말까 생각을 하였다.

"물론 모두가 다 내 잘못이라고 했겠지. 무슨 이야기를 했는지 눈에 선하다."

"엄마, 아니야. 아빠는 누구 잘못이라고 하지 않았어. 그냥 사랑이 식었고 그게 다라고 했어."

"사랑이 식었다고?" 엄마는 심지어 일어서며 말했다.

"사랑이 식었다고? 흠, 너에 대한 사랑은 식지 않았다는 거냐? 머저리, 증오해!"

"엄마, 엄마도 이미 오래전부터 아빠를 사랑하지 않잖아."

"지금은 그렇지. 하지만 그때는 사랑했어! 난 바보였어!"

나는 엄마에게 다가가서 안아주었다. 엄마는 키가 크지 않았다. 간신히 내 어깨에 머리가 닿았다. 내 셔츠는 점점 젖어갔다. 눈물은 뜨거웠다.

나는 엄마를 침대에 눕히고 담요를 덮어주었다.

나는 잠 못 이루고 제냐와의 만남이 같은 방식으로 끝나지 않기를 바라면서 몇 시간 동안이나 발코니에 앉아서 이런 저런 생각을 했다. 내가 정확히 무엇을 두려워하는지 어느정도 분명해진 것 같았다. 이 물고기의 삶을 망치는 것을 두려워하는 것이다. 그렇게 되면 제냐는 더 이상 다른 남자를 신뢰하지 못할 것이다. 더 이상 누구에게도 자신의 등에 키스하는 것을 허락하지 않을 것이다. 나는 오래전에 다운로드 했지만 들을 시간이 없었던 플라시보(Placebo)의 새 앨범의 음악을 틀었다. 솔직히 말해서 그의 음악이 특별히 마음에 드는 것은 아니다. 이건 내가 나이들었다는 의미인가? 좋아하는 밴드의 앨범을 다운로드하지만 그 음악이 늘 마음을 기쁘게 하지는 않는다.

내게는 이미 나이가 들었다는 다른 징후들도 있다.

나는 더 이상 히치하이킹으로 여행을 하지 않는다.

막스가 록-콘서트에 나를 초청했을 때 나는 되도록이면 간다고 한다. 그런데 정작 가지 않는다.

나는 참여보다는 관찰을 더 많이 하게 되었다.

나는 아무것도 아닌 것에 불평을 하기 시작했다.

자전거를 탄 다음 날에는 허리가 아프다.

밤에 다리에 경련이 일어난다.

길을 떠나는 내게 할머니는 더 이상 주머니에 사탕을 넣어주지 않는다.

나는 은퇴를 하면 무얼 하면서 살 지 생각한다.

때때로 내 아이를 갖고 싶다.

오래되어 잊혀진 노래를 들을 때 나는 노래 자체를 좋아하는 것이 아니라 음악이 나왔던 당시에 대한 향수를 더욱 좋아한다.

나는 비틀즈의 노래 〈When I'm Sixty-Four〉를 좋아한다. 나중에 더 싫어질까 아니면 좋아질까?

"내 삶도 그렇지만 네 삶도 단순하지가 않아. 자신만을 위한 삶은 없어. 우리에게 삶은 고난의 연속이야."

나는 방을 나서자마자 아침부터 엄마의 투덜대는 이야기를 들어야 했다. 엄마와 나텔 이모가 부엌에 있는 것이 보였다.

"아, 여기 방탕한 아들이 일어났네. 사랑을 듬뿍 주어서 열심히 키우면 아이는 잘 자라지. 그런데 어느 날 갑자기 한 번도 제 역할을 하지 않은 아빠에게 가겠다고 하는 거야!"

엄마는 웃으라고 한 이야기 같다. 하지만 무엇 때문인지 나는 그 이야기를 듣는 것이 기분이 좋지 않았다. 왜냐하면 아빠는 정말로 후회하는 것 같았기 때문이다. 우리는 셋이 모여서 이야기를 할 필요가 있다. 그렇지 않으면 이 상황은 끝나지 않을 것이다.

"엄마, 아빠에 대해서 그렇게 이야기하지 마."

"싸샤, 웃기지 마. 그가 네 아빠라고? 어떤 아빠? 네
게는 로마 외삼촌이 그 딴따라 보다 아빠에 더 가까울
걸!" 엄마는 더욱 화를 내었다. 엄마의 이야기를 듣고 있
던 나텔 이모는 어떻게 해야 할지 모르고 있었다.

"로마 외삼촌이라고?" 나는 해서는 안 된다는 것을
알면서 얼굴에 미소를 띠었다. 멈출 수 없었다. "엄마는
로마 외삼촌이 어떤 사람인지 알아?"

"무슨 뜻이냐?"

"로마 외삼촌도 난봉꾼이야!" 내가 너무 나갔다.

"뭐라고? 너 무슨 말을? 어떻게 그런 말을?"

나는 더 이상 비밀로 간직할 수 없었기 때문에 엄마에
게 다 이야기를 했다. 엄마가 내게 제대로 된 모범적인
사람을 붙여준 것이 아니라는 것을 말했다. 원칙적으로
그가 그녀의 신뢰를 져버린 것은 엄마의 잘못이 아니다.
사실 사람들은 그런 일이 일어날 때까지 다른 사람이 어
떻게 생각하는지 알지 못한다. 마치 엄마가 아무리 로마
외삼촌이 좋은 사람이라고 생각한다고 하더라도 그 사

람은 좋은 사람이 될 수 없는 것처럼 말이다. 주문의 힘은 이곳에 작동하지 않는다.

때때로 나는 여자들을 이해하지 못한다. 몇 년 전에 친구들과 함께 엄마들을 대상으로 설문조사를 하였을 때 나는 여자들이 이상하다고 생각했다. 엄마들에게 다양한 록음악가들의 사진을 보여주면서 가장 멋있는 사람을 고르라고 했다. 거기에는 존 레논, 커트 코베인, 닉 케이브, 폴 매카트니, 타일러, 믹 재거가 있었다. 대부분의 엄마들은 믹 재거를 선택했다. 나는 물론 그의 엉덩이가 나쁘지는 않을 것이라는 것을 이해한다. 하지만 우리는 얼굴만 보여주었다.

나는 더 이상 이 여성 사회에 머물 수 없었다. 막스에게 전화를 했다. 그는 바이크를 타고 내게 왔다. 그리고 들어와서는 엄마와 인사를 했다. 엄마는 잘 들리지 않는 목소리로 무언가 말했고, 나텔 이모는 경멸스럽다는 표정으로 막스를 쳐다봤다. 내 생각에 나텔 이모는 아무도 모르게 그를 원하고 있었다. 그래서 자신의 낙타 발을 조금씩 얻기 위해서 엄마에게 그가 나쁘다고 이야기를 하고 있는 것 같았다. 더 자주 막스와 만나야겠다. 그는 적어도 록카페가 무엇인지 알고 있으며 면도를 한다.

엄마는 계속해서 내게 말한다. 앞 집 애를 봐, 옆 집 애를 봐. 저 사람은 네 나이 때 이미 이렇고 저렇고. 그런 비교는 나를 괴롭혔다. 왜 엄마는 내가 그림을 잘 그리며 벌써 작지만 어느정도 성공을 거두었다는 것을 보지 않는단 말인가! 아마도 내가 그녀에게 백만 달러짜리 어떤 브랜드의 디자인 계약을 하기 전까지 계속 비교를 할 것이다.

나는 누군가에게 자신을 비교당해야 한다면, 물론 이것은 아주 바보 같은 생각이지만, 막스와 비교를 당하는 것이 낫다고 결정했다. 막스는 서른 살이고 그는 이미 많은 것을 가지고 있다. 즉, 보통 사람들의 기준보다 아주 조금 더 가지고 있다. 하지만 내가 서른 살이 되었을 때 막스가 가진 것 만큼도 못 가질 것 같다.

막스는 서른 살이다. 그리고 그는.

- 할리를 타고 다닌다.

- 남자들의 원칙을 안다.

- 문신을 하고 있다.

- 여자들과 어떻게 이야기해야 하는지 알고 있다.

- 누군가를 행복하게 해줄 수 있다는 확신을 가지고

있다.

- 록 카페에서 존경을 받는다.

- 비틀즈를 좋아한다.

- 라디오 방송국에서 일을 한다.

- 잡지에 칼럼을 쓴다.

- 독립해서 혼자 산다.

- 세계 여행을 다닌다.

- 파이프 담배를 피운다.

- 요리를 잘 한다.

- 자신의 부모에게 용돈을 드린다.

- 땀내가 나지 않는다.

나는 열여섯 살이다. 그리고 나는

- 머저리이다.

- 여자친구의 인생을 망칠까 겁을 낸다. 그래서 겁쟁이처럼(나는 사실 겁쟁이다.) 행동한다.

- 슬림형 담배를 피운다.

- 서른 살이 되어서는 비틀즈를 싫어할 것이다.

- 정상적인 일 없이 이곳 저곳 뛰어다닌다.

- 부모에게 돈을 보내지도 않을 뿐더러 엄마로부터 용돈을 받으며 아빠가 어디서 사는지 전혀 모른다.

- 그림을 잘 그리지만 나를 알아봐 줄 수 있는 일을 적게 한다.

- 나루토를 부러워한다. 왜냐하면 그는 어리고 잘 생겼으며 동네 모든 여자아이들이 그를 좋아하기 때문이다.

- 멍텅구리이다.

나는 오늘 마이클 잭슨이 매장되지 않았다는 이야기를 들었다. 어쩌면 아직 나의 청소년 시기가 끝나지 않았는지도 모른다. 어쩌면 내게 기회가 올 지도 모른다. 《이상한 나라의 앨리스》에 나오는 토끼의 얼굴이 그려진 티셔츠를 입고 마이클 잭슨을 매장하지 못하게, 땅을 파지 못하게 하면 그렇게 될 것이다.

막스는 내가 로마 외삼촌에 대해서 이야기를 한 것은 남자답지 못한 행동이라고 했다. 나도 알고 있다. 하지만 그때는 어쩔 수 없었다. 엄마는 세상에는 완벽한 사람과 나쁜 사람만 있다고 생각한다. 절대 그렇지 않다. 모든 것에는, 모든 사람에게는 약간의 흠도 있고 생각지도 못한 좋은 점도 있다. 사람을 어떤 한 가지의 특성만을 가지고 보려고 한다면 그 사람 자체를 볼 수 없다. 우리는 서로가 서로를 보지 않나! 대화를 하기 때문이다. 서로가 서로에게 손님이 되어 찾아가기도 한다. 즉 '당신의 세계는 그렇게 나쁘지만은 않군요.' 하고 이야기를 하기 위해서이다.

나는 막스와 몇 가지 내용에 대해서 이야기를 하고 싶었다. 물론 아빠와 엄마에 대해서는 당연한 것이다. 하지만 나를 더욱 걱정스럽게 하는 것은 제냐이다. 나는 도저히 결정을 할 수가 없었다. 내가 그녀를 위한 안식처가 될 수 있을까? 그녀에게는 강한 남자가 필요하다. 정말 강한 남자. 나는 그렇지 않다.

어쩌면 난 그녀의 남자친구가 아니라 그냥 남자 사람친구가 되어야 하지 않을까? 왜 사람들은 우정보다 사랑이 더 중요하다고 결정했는지 난 이해할 수 없다. 당신이 어떤 사람과 좋은 느낌을 가져서 서로 사귄다면 그것을 무어라고 해야 하나? 그리고 모든 사람이 이 사랑을 가지고 마치 모든 것에 대한 만병통치약인 것처럼 호들갑을 떨고 있다. 섹스를 "사랑을 나누는 행위"라고 하더라도 섹스를 했기 때문에 사랑하게 되는 것은 아니다. 만약 그렇게 가까운 관계를 사랑이라고 하지 않고 우정이라고 하더라도 우정이라고 했기 때문에 그들의 관계가 나빠지지는 않는다. 물론 사랑은 어떤 종류의 상태를 나타내는 단어가 되었다. 우리는 그 단어를 너무 많이 썼다. 그래서 그 단어는 상점에 넘쳐나는 일부러 찢어 놓은 찢어진 청바지처럼 되어 버렸다. 누군가가 오래 기다리지 않고 멋지게 보이고 싶다면 일부러 찢어진 청바지를 산다. 마찬가지로 몇몇 사람들은 이제 막 만나기 시작했을 뿐인데 그것을 사랑이라고 부른다.

막스는 내가 너무 서두른다고 말했다. 그는 내게 집착하지 말고 한 발 물러서서 일이 어떤 식으로 전개되는지 봐야한다고 했다. 하지만 나는 어떻게 전개될지 잘 알고 있다. 나는 이 이상한 내 제냐를 더욱 더 사랑하게 될 것이고 그녀는 내가 일종의 모래와 같다는 것을 점차적으로 이해하게 될 것이다. 지금은 내가 그것을 감출 수 있다. 하지만 나중에는 어떤 식으로든 표출될 것이다.

"이제 너는 자신을 머저리라고 부르지 않을 수 있지 않아? 계속 그렇게 자신을 부른다면 너는 아무것도 하지 못할 거야." 막스는 나와 언쟁하는 것에 지친 듯 파이프 담배를 빨면서 말했다.

"언제쯤 너는 그 잡초 태우는 것을 그만 둘거야, 맨?" 그는 내 슬림형 담배에 손을 내저었다.

나는 막스를 존경한다. 어떻게 행동해야 하는지 그는 어떻게 아는 걸까? 나는 항상 놀란다. 예를 들어 나는 사람들이 영화에 들어가는 음악을 만드는 것을 보고 놀랐다. 어떻게 작곡가는 그 음악이 바로 그 순간에 적합하다는 것을 알 수 있었을까? 그건 아주 책임감이 있어야 하는 것이다. 그런데 막스는 다 알고 있었다. 그는 이렇게 침착한데 왜 나는 히스테리가 있는 나이든 여자처럼 구는 걸까?

나는 막스가 사는 방식을 좋아한다. 그는 원하면 무엇이든 한다. 하지만 난 아직 그럴 수 없다. 예를 들어 그는 도시를 가지고 게임을 하기도 한다. 그는 어떤 도시를 간 뒤 다른 도시를 가는데 그 도시는 앞에 간 도시의 마지막 글자로 시작하는 도시이다. 최근에 그가 다녀온 곳은 로마이었고, 그 다음에 간 도시는 마르세유였다. 나도 도시를 가지고 게임을 하고 싶다. 보통 나는 관광 명소를 구경하는 것보다 사람들을 보는 것을 좋아한다. 그 사람들을 배경으로 사진을 찍고 싶기 때문에 그런 것이 아니다. 나는 그런 사진을 싫어 한다. 나는 살아있는 그들을 좋아한다. 누군가 관찰하고 있다는 것을 모르는 채 평범하게 사는 그들의 모습 말이다. 예를 들어서 만약 내가 호텔에 일주일이고 이주일이고 머물면서 그곳에서 살게 된다면 내게는 옆 호실에 머무는 사람들에 대한 정보가 쌓이게 된다. 나는 그들이 과거에 어떻게 살았는지 그리고 지금 어떻게 살고 있는지 생각한다. 때로는 내가 어떤 사람들에 대해 너무 많은 상상을 해서 실제의 그들과는 전혀 다른 상황이 만들어지기도 한다.

막스는 라디오 방송국으로 갔고 나는 산책을 나갔다. 오늘은 비틀즈를 카세트 플레이어에 넣었다. 〈Let it be〉를 틀었다. 디지털 사운드가 즐겁게 울려 퍼졌다. 그런데 나는 왠지 기분이 다운되었다. 나는 어렸을 때부터 덥고 건조한 바람에 반응하는 문제를 가지고 있었다. 바로 지금 그런 바람이 불었다. 무엇 때문인지 항상 그랬다. 전혀 하고 싶지 않은 어떤 일 때문에 어딘가로 가야 할 일이 생겼을 때 바깥은 항상 덥고 건조하였다. 마치

사막에서처럼 목이 타올랐고 눈은 태양 때문에 찡그려
졌다. 나는 더위를 좋아하지 않는다. 그것도 내 삶의 마
이너스 요소 중의 하나이다.

오늘은 엄마를 위한 남자를 테스트하는 정례적인 날
이다. 이번에 나는 특별히 엄마와 함께 맞선 자리에 간
다. 왜냐하면 나는 오늘 하루 종일 할 일이 없어서 지루
해 하고 있었기 때문이다. 어떤 남자가 엄마뿐만이 아니
라 내 마음에도 들려고 노력하는 것을 보는 것은 재미있
는 일이다. 사실 나는 엄마에게 내가 꼭 가야할 이유기
없다고 말했다. 하지만 엄마는 자신의 주장을 꺾지 않았
다. 이 테스트 과정은 마치 심문하는 것과 같았다. 다만
거짓말 탐지기 대신 레스토랑 테이블 위에 와인과 생선
요리가 놓여 있을 뿐이다.

"어때, 괜찮아?" 내가 서랍에서 다른 쪽 양말을 찾고
있을 때 엄마는 눈에 띄는 빨간 원피스를 입고 들어왔다.

"항상 그렇듯이 개 멋있어!"

"개 멋있다고?" 엄마가 미소를 띠었다. "그게 좋은 말이냐 나쁜 말이냐?"

"좋은 의미야. 엄마, 좋은 의미야." 나는 엄마를 안아줬다.

"엄마는 내가 아는 사람 중에 최고야. 오늘 선을 볼 남자는 어떤 사람이야?"

"알렉세이라는 사람이야. 나텔이 그러는데 나쁘지 않데."

"이모는 항상 엄마한테 그렇게 이야기하잖아. 지난번엔 어땠는지 기억해? 대머리 아저씨가 나왔잖아. 게다가 끊임없이 다리를 떨었고. 내내 자기 일 이야기만 했잖아. 그리고 나서 어떤 잡지에 실린 자기 논문을 보여주기 시작했고. 완전 밥맛이었어. 안 그래?"

"정말, 그래. 네 말이 맞아. 오늘은 좀 나은 사람이 나오기를 바라."

항상 그렇듯이 우리는 바로 그 이탈리아 레스토랑으로 갔다. 마치 우리가 갈 곳이 이 도시에는 더 없는 듯이 말이다. 무슨 이유에서 인지 엄마는 그곳을 다니는 것을 멈추지 않았다. 나는 엄마의 기분이 나빠지고 식욕을 잃을까 봐 아빠와 함께 이곳에 있었다는 이야기를 하지 않았다.

우리는 상대방이 우리를 기다리도록 항상 그렇듯이 맞선 자리에 조금 늦게 도착했다. 나텔 이모가 엄마에게 그렇게 하라고 가르쳤다. 이것은 여자에게 무언가 비밀스러움을 만들어준다고 했다. 난 이런 것을 절대 이해하지 못할 것이다. 나는 정확하게 시간을 맞춰 오는 사람을 좋아하며 나 자신도 늦는 것을 싫어한다. 이모의 그런 생각은 말도 안 되는 것이다. 하지만 맞선은 나를 위한 것이 아니라 엄마를 위한 것이기 때문에 엄마의 말에 따라야만 했다. 다만 그곳에서 지금 앉아서 기다리고 있는 남자가 가여울 뿐이다.

우리가 도착했을 때 그는 이미 그 자리에 앉아 있었고 자신의 물건을 이쪽에서 저쪽으로 옮기고 있었다. 첫인상은 나쁘지 않았다. 약간 긴 금발 머리, 커다란 눈, 멋진 와이셔츠, 비싼 시계와 살짝 자란 수염 등 그의 모습에는 에드워드 번즈와 비슷한 점이 있었다. 엄마는 이런 스타일의 남자를 좋아한다. 하지만 이제 그 사람의 내면을 살펴봐야 한다. 아마도 엄마의 마음이 움직이는 것 같다. 사실 내 임무는 최대한 둘이 엮이지 않게 만드는 것이다. 첫 번째 이유는 이 자리에 나온 두 사람을 소개한 사람이 사람 보는 안목이 형편없는 나텔 이모이기 때문이다. 그리고 두 번째 이유는 엄마와 막스가 가까워질 것이라는 희망을 여전히 내가 가지고 있기 때문이다. 다만 시간이 필요할 뿐이다. 내 생각에 엄마는 막스를 그냥 친한 동생처럼 생각하는 것 같다. 하지만 나는 언젠가 그 상황이 변할 것이라고 기대한다. 나는 고집이 센 멍청이이다. 내 역할을 결코 잊지 않는다.

알렉세이는 엄마를 위해 의자를 빼 주었다. 그리고 여러가지 측면에서 엄마를 살펴줬다. 나를 대할 때도 마치 천사처럼 대했다. 아마도 나텔 이모가 그에게 내 단점에 대해서 몇 가지 쓸데없는 소리를 했고, 거기에 맞춰서 그는 최선을 다하는 것 같았다. 문득 재미있다는 생각이 들었다. 그리고 어느 순간 나는 거의 웃음을 터뜨릴 뻔하였다. 하지만 마침 그때 웨이터가 다가왔다.

엄마는 생선요리를 주문했고, 나는 엄마가 주문하는 대로 따라서 주문했다. 나는 엄마를 관찰하면서 정말로 엄마의 마음에 이 털북숭이 '에드워드'가 마음에 들어서 그러는지 아니면 단지 예의상 그에게 미소를 보이는 것인지 알아내려고 애썼다. 일이 복잡해지기 시작했다. 왜냐하면 그가 엄마의 손을 잡았는데 엄마가 그 손을 뿌리치지 않았기 때문이다. 전에는 이런 적이 없었다. 별로 징후가 좋지 않다.

에드워드, 아니 알렉세이가 요즘 무슨 일을 하는지 등과 같은 진부한 질문을 나에게 하기 시작했을 때, 나는 짜증스러워서 바보 같은 표정을 지으며 대답했다. 엄마는 아마 어른이 다 된 자신의 아들이 얼음 구멍 속 제멋대로 움직이는 똥처럼 놀고 있는 것을 보고 부끄러웠을 것이다.

"여자 친구는 있냐?" 그가 미소를 지었다.

너무 많이 갔다. 무슨 상관인가? 그냥 앉아서 얌전히 있지 왜 내 여자친구는 건드리는 거야? 그 순간 바로 그 오래 된 비틀즈의 테이프에서 〈Help!〉 트랙이 시작되는 것 같았다.

나는 내가 생각했던 '엄마와 막스'의 계획이 제대로 이루어지지 않을 것이라는 불길한 예감으로 의기소침해졌다. 그들은 와인을 더 주문하는 것 같았다. 잘 되어가는 분위기였다. 내 자신을 위해서라도 자리를 피해야 할 것 같았다. 하지만 그렇게 하면 엄마가 기분 나빠 할 것이다. 그래서 나는 담배를 피우기 위해 흡연실로 갔다. 나는 낯선 사람들 사이에 앉아 연기를 통해 그들을 바라보고 있었다. 이런 바보가 어디 있나! 솔직한 마음이다. 나는 심지어 이 남자에게 일종의 질투심까지 느꼈다. 막스 대신 느끼는 질투심이다. 물론 막스는 아직 엄마에 대해 그렇게 생각하고 있지 않기 때문에 이는 순전히 내 상상일 뿐이다. 가끔이지만 둘은 이상적인 커플이라는 생각이 든다. 특히 둘이 베개 싸움을 할 때는 더 그렇다.

갑자기 흡연실로 아빠가 들어왔다, 힘없이 천천히 걸어서. 구세주가 온 것이다!

"안녕, 아빠!" 그의 앞을 막고 손을 내밀며 내가 말했다.

"오, 안녕, 싸샤! 여기서 뭘 하냐?" 그는 정말로 나를 봐서 기쁜 것 같았다.

"엄마랑 함께 점심을 먹고 있었어, 아빠는?"

"운명을 시험하지 않기로 결정했다. 그래서 다른 레스토랑을 찾지 않았어. 게다가 나는 여기가 마음에 들었거든."

"우리 자리로 가자, 아빠. 같이 앉아서 이야기 하는 게 어때?"

"네 생각에 엄마가 날 보는 걸 좋아할 것 같냐?"

"내가 좋아하잖아. 가자."

그리고 나는 아빠를 엄마와 영화배우 에드워드가 킥킥 거리고 웃고 있는 비흡연자를 위한 홀로 데리고 갔다. 그는 엄마에게 꽃을 선물했다. 그것은 장미였다. 맙소사! 생각이 없는 것이다. 엄마 같은 여자에게는 백합이나 거베라를 선물해야 한다.

아빠와 내가 다가오고 있는 것을 본 엄마의 시선은 나에 대한 분노와 증오를 나타냈다. 그러나 나는 어떻게든 이 상황을 변화시켜야만 했다. 사실 막스가 내 새아버지를 해야지, 이 진부한 아저씨는 아니다. 사실 이 남자는 나에게 숙맥이란 단어를 생각나게 한다. 엄마에게 왜 저런 사람이 필요한 걸까?

내가 서로를 소개하자 알렉세이는 당혹스러워했다. 다시 말해서 내가 옳았다. 만일 그가 이런 것도 이겨내지 못할 정도로 소심하다면 뭘 더 기대할 수 있겠는가!

음악가에 대한 소개는 의례적인 것이었을 뿐이다. 그런데도 그 결과 알렉세이는 30분 후에 퇴각했고, 우리는 남아서 가족 식사를 하게 되었다. 서둘러 떠나가는 그의 걸음 걸이는 방금 마당에서 들어와 발을 터는 개와 같았다. 말이 필요 없는 이상한 사람이다. 첫 번째 장애물도 극복 하지 못하고 도망을 간 것이다.

나는 아빠의 눈에서 엄마에게 미안해하는 것을 느낄 수 있었다. 하지만 엄마는 이 레스토랑에서 이런 저런 사람들을 계속 만났다. 이번이 이번 달에 벌써 세 번째라는 것을 아빠가 어떻게 알겠나! 짐작컨대 그는 엄마의 우울한 얼굴이 그의 잘못이라고 믿고 있는 것 같았다.

나는 그들을 레스토랑에 남겨두고 제냐를 보러 가기로 결심했다. 물론 엄마에게는 내 행동이 가증스럽게 느껴질 것이다. 그리고 나중에 엄마가 어떻게 복수를 할지 눈에 선하다. 하지만 엄마가 그 이상한 사람과 얽히는 것보다는 낫다. 왜 여자들은 같은 수법에 계속 속는 것일까? 무엇 때문에 여자들은 아무것도 기대하기 힘든 그런 남자를 필요로 한단 말인가! 그런 유형의 사람 한 명이 자신을 버리고 가 버렸는데 똑같은 유형의 사람에게 엄마는 마음이 끌린다. 어쩌면 엄마의 유전자도 엉망이 되었기 때문일 것이다. 언젠가는 이 엉망이 된 모든 유전자들이 대체되고 여성들은 더 현명해질 것이다. 그러나 남자는 여자가 그렇게 되는 것을 좋아하지 않을 것이다.

제냐가 나를 사랑하는지는 아직 모르겠다. 그녀는 오직 한 번 나를 사랑한다고 말했다. 그런데 그것이 날 불쌍하게 여겨서 한 말이라면? 솔직하게 그녀에게 물어보지 못하겠다. 왜냐하면 나는 겁쟁이어서 '아니'라고 대답할까 봐 두렵기 때문이다. 내 자신이 만든 환상 속에서 사는 것이 더 낫다. 나는 이 세상에 없는 이런 저런 이야기를 만드는 것을 좋아하니 말이다.

한번은 제냐가 내게 '아니'라고 이야기하는 것을 상상한 적이 있다. 그러자 상상이 계속되었다. 내 생각 속에 있었던 반항심 많은 청소년이 성숙한 어른으로 바뀌었다. 하지만 나는 사랑에 대한 믿음을 완전히 잃어버렸다. 결국 나는 '도시 이름 끝말잇기' 게임을 하기 시작하였고, 전세계를 돌아다니며 각양각색의 명소들을 배경으로 한 사진을 엄마에게 주기적으로 보낸다. 엄마가 그 사진을 좋아하기라도 하는 것처럼 말이다. 그리고 향수와 연민으로 마음이 아파서 해안가에 있는 유럽의 한 도시에 있는 해변을 걷는다. 그러다 나는 아이 손을 잡고 가는 한 젊은 부부를 보게 된다. 그때에서야 나는 기차놀이세트와 함께 집에 홀로 두고 온 엄마가 있는 나의 고향을 기억하게 되고 내 피를 이을 사람이 없다는 것을 기억한다. 나는 대리모를 찾아서 돈을 내고 아들을 낳는다. 그리고 나는 그 아들과 함께 기차놀이와 도시 게임을 한다.

나는 환상 속에 깊이 빠져서 제냐의 집에 다 왔다는 사실도 알아채지 못했다. 제냐의 집은 평범한 건물이다. 예전에 나는 가끔 그 집 앞을 그냥 지나가곤 하였다. 지금은 그냥 지나치지 않는다. 그리고 언젠가 그녀가 나를 버리더라도 그녀의 창문을 바라보기 위해서 나는 이곳에 올 것이다.

제냐는 기분이 좋아 보였으며 나는 그녀를 보면서 레스토랑에서 알렉세이가 도망간 이야기를 해주었다. 그녀는 긴장하여 다리를 잔뜩 오므리고 들어주었다. 우리는 너무 흥분하였고 엄마와 막스의 급만남을 추진하기로 하였다. 내가 막스에 대해서 그녀에게 이야기를 해주자 그녀는 엄마에게 바로 그런 사람이 필요하다고 똑같은 마음으로 동의를 했기 때문이다. 나는 엄마가 편집일과 마티니, 하얀 소파에서 벗어나서 막스와 함께 '도시 이름 끝말 잇기' 게임을 하는 것을 상상하였다. 나는 또한 제냐가 이 모든 것에 적극적으로 반응하는 것을 보고 기분이 좋았다. 나는 그동안 혼자 배를 타고 가고 있었는데 이제 노 이외에 배의 균형을 맞추어 줄 또 한 명의 사람이 있다는 사실을 믿을 수가 없었다. 폭풍이 몰아치더라도 둘이라면 그렇게 무섭지 않을 것이다. 그렇다, 나는 폭풍을 두려워한다. 하지만 나는 뇌우는 무서워하지 않는다.

우리는 막스를 더 자주 우리 집에 오도록 해야겠다고 생각했다. 그래서 엄마와 막스가 함께 할 수 있도록 야외로 소풍을 간다거나, 문화생화를 할 수 있는 그런 흥미로운 장소들을 가야겠다고 생각했다. 얼마전에 막스가 오토바이를 타자고 엄마에게 말했던 것을 기억해냈다. 하지만 그때 엄마는 거절하였다. 엄마를 나텔 이모의 영향으로부터 벗어나게 만들어야 한다. 그녀는 암탉처럼 꼬

꼬댁 거리면서 자신 주위를 양계장으로 만든다. 나는 엄마가 한 손에는 요가 매트와 다른 한 손에는 마요네즈 양동이를 든 캥거루로 변하는 것을 원하지 않는다.

우리의 흥분이 조금 가라 앉았을 때 우리는 카펫에 누워서 서로 장난을 치기 시작하였다. 나는 제냐에게 자신에 대해 이야기를 해달라고 했다. 가끔 그녀는 오랫동안 이야기를 이어 나갔다. 하지만 때로는 입을 꼭 다물고 있었다. 그것은 나를 두렵게 만들었다. 나는 그것이 모두 어린 시절에 있었던 일 때문이라는 것을 이해했다. 그래서 그녀를 어떻게든 도와주고 싶었다.

그러자 제냐는 학교에서의 생활을 알 수 있는 생활기록부를 내게 보여주었다. 나는 아직 누구의 생활기록부도 본 적이 없었다.

"치과에 가지 않겠다고 울기 시작했다."

"수업 시간에 그녀에게 물어보았지만 말을 하지 않았다."

"제냐가 반 친구들과 이야기하지 않기 때문에 부모에게 학교에 와 달라고 요청했다."

"남자 아이와 짝을 이뤄서 책상에 앉기를 거부했다."

등등.

제냐의 얼굴은 슬퍼 보였다. 내가 그것들을 읽고 있을 때 내 얼굴의 표정이 어떻게 변하는지 그녀가 쳐다보고 있다는 것을 나는 느꼈다.

나는 그녀를 안아주었다. 하지만 난 더 두려워졌다. 내 머릿속에는 또다시 이 모든 것을 계속할 필요가 있을까 하는 생각이 들었다. 하지만 나는 그녀를 안는 것을 그만 둘 수 없었다. 그걸 어떻게 그만둘 수 있단 말인가!

"자, 이제 너는 나에 대해서 거의 다 알게 되었어." 내 무릎 위에 누운 그녀가 조용하게 말했다. "난 누군가를 사랑하게 되면 나에 대해서 한꺼번에 다 이야기를 해야겠다고 생각 했어. 난 나의 대화 단절적인 성격 때문에 남자친구들과 헤어진 경험을 이미 가지고 있거든. 내가 그들에 비해 단점이 많아서 그렇게 된 것이 아니야. 그냥 그들에게 인내심이 부족했던 거지. 하지만 난 다른 식으로는 불가능 해."

그녀는 내 무릎을 쓰다듬어주었고, 나는 어떤 인간들이 그녀를 기분 나쁘게 할 수 있었을까 하고 생각했다. 만나면 얼굴을 한 대 갈겨줄 것이다. 평생 남의 얼굴을 한 번도 때린 적이 없지만. 나는 그녀의 예전 남자친구에 대해서 물어보고 싶었다. 하지만 언젠가 그녀가 직접 모든 것을 이야기해줄 때가 있을 것이라고 생각했다.

"싸샤, 난 때로 네가 나보다 나이가 더 많다고 생각될 때가 있어." 그녀가 미소를 띠었다.

"왜?"

"몰라. 넌 네가 알고 있는 것을 잘 설명하잖아. 예를 들어서 난 네가 내게 오토바이나 뭐 그런 자질구레한 것들에 대해서 이런저런 설명을 해주는 모습이 좋아."

제냐가 마침내 속마음을 드러냈다. 그녀는 아마도 나를 아주 많이 사랑하고 있는 것 같다. 그녀는 나의 행동이 그녀를 놀라게 할까 봐 내가 얼마나 무서워하고 있는지 전혀 상상도 하지 못하고 있다.

우리는 서로를 뚫어지게 쳐다보기 시작했다. 나는 이미 오래전에 그녀의 윗입술에 작은 흉터가 있는 것을 발견했다. 그것은 그녀가 가장 좋아하는 고양이에게서 상처를 입은 것이다. 나는 항상 그 상처에 키스하고 싶었다. 그것은 거의 눈에 띄지 않지만 그녀의 얼굴을 특별하게 만든다. 그것은 마치 그녀를 대할 때 조심해야 한다는 표시와 같은 것이다. 마치 깨지지 않도록 조심하라는 스티커를 화물 박스 겉면에 붙인 것과 같은 것이다. 그렇게 그녀가 매우 연약하다는 것을 나타내기 위해서 그렇게 흉터를 남긴 것이다.

나는 그녀에게 자전거를 타다가 넘어져서 생긴 다리의 작은 흉터를 보여주었다. 어떤 퍼레이드에 참여했다가 생긴 것이다. 하지만 그것을 이야기하는 것이 두렵지도 부끄럽지도 않았다. 어느 순간 우리는 누구 흉터가 더 깊었는지를 가지고 자랑 아닌 자랑을 경쟁적으로 하고 있었다. 내 흉터는 그녀의 입술 위의 흉터처럼 예쁘지도 크지도 않았다. 하지만 그녀는 그 흉터에 입을 맞춰 주었다. 나는 간신히 눈물을 참았다. 아무도 내 흉터에 입을 맞춰 준 사람은 없었다. 머리까지 빙빙 돌기 시작했다. 그것은 흥분이라는 말로 표현이 되지 않는다. 그 이상이었다. 어렸을 때 했던 '레일-침목' 놀이를 떠올리게 했다. 하지만 백 배는 더 흥분되었다. 나는 간호사 선생님이 내게 주사를 놓은 뒤 알콜 솜으로 주사 맞은 곳을 문질렀을 때 기분이 매우 좋아졌다. 나는 늘 그 순간을 기다리곤 하였다. 제냐의 입술은 알콜 솜보다도 백만 배는 더 기분 좋고 더 따뜻하였다.

제냐는 오른손 손바닥을 펼치고 가운데에 있는 작은 흉터를 보여주었다.

"전에는 그냥 네게 보여주지 않았는데 그건 창피해서 그랬던 거야." 그녀가 미소를 띠었다.

나는 실제로 그녀의 오른손이 항상 나를 피했다는 것을 바로 기억해냈다. 바로 그런 이유가 있었구나! 어렸을 때 그녀는 연필을 소켓에 꽂았다가 그녀의 손이 심하게 떨렸던 적이 있었다. 심지어 손에 구멍이 생겼으며 그녀는 구멍이 생긴 손을 차가운 물줄기에 넣었던 모습을 기억하고 있다고 했다. 이제 더 이상 아프지는 않지만, 흉터가 남게 되었다. 세심하게 그녀를 돌봐야 하는 또 하나의 표시이다.

이제 나의 상처를 보여줄 차례다. 나는 왼쪽 어깨 부분을 보여주기 위해서 티셔츠를 벗어 올렸다. 그곳의 작은 화상 흉터를 제냐에게 보여주었다. 언젠가 나는 막스와 부엌에서 무언가를 삶고 있었다. 나는 탁자에 앉아 있었고 그는 내 위쪽에서 냄비를 들고 서 있다가 내 어깨 위에 뜨거운 물을 쏟았다. 의사가 말하길 화상 흉터는 시간이 지나면 없어질 것이라고 했다. 하지만 흉터는 아직 없어지지 않았다. 크기는 작아지고 희미해졌지만 없어지지 않았다.

"이 흉터가 널 망치지 못할 거야." 제냐가 미소를 띠우고 내 왼쪽 어깨의 얼룩을 쓰다듬어줬다.

우리는 서로의 공포에 대해서 이야기하기로 했다. 제냐는 거리에서 자루를 맨 사람을 무서워하는 것으로 밝혀졌다. 어렸을 때 한 친구로부터 유괴 경험담을 들은 뒤부터였다. 그 친구는 어떻게 유괴를 당했는지를 이야기해주었다. 어떤 남자가 커다란 자루를 감추어 들고 와서 자기를 그 자루에 넣었다고 하였다. 다행히 자루 안에 가위가 있어서 구멍을 내고 탈출할 수 있었다고 하였다. 그 이야기를 들은 이후로 제냐는 반복적으로 그 꿈을 꾸기 시작했다고 한다.

그녀는 또한 돈도 하나도 없이 낯선 나라로 비행기를 타고 가는 꿈을 항상 꾸었다.

그녀는 뇌우와 번개를 두려워한다는 것을 인정했다.

그녀는 막대기를 이용해서 그녀의 입 안을 검사하는 것을 두려워하였다. 왜냐하면 구토가 나오기 때문이다.

그녀는 아기를 낳으면 뚱뚱해질 것을 두려워한다.

그녀는 쓰레기장에 쓰레기를 버리는 것을 두려워한다. 왜냐하면 그녀가 그 안으로 들어갔을 때 누군가 밖에서 문을 잠글까 봐 겁이 나기 때문이다.

그녀는 누군가가 모퉁이에서 튀어나와 그녀를 덮칠까 봐 두려워한다.

그녀가 바닥에 매트리스를 깔고 자기 시작한 이유 중 하나는 침대에 누워 있으면 침대 아래에서 손이 나와서 그녀의 다리를 움켜잡을까 봐 두렵기 때문이다.

그녀는 곤충, 특히 다리가 많은 곤충을 두려워한다. 아니 다리들이 있는 생명체들을 두려워한다. 그녀가 자고 있는데 거미가 갑자기 나타나서 귀와 코로 기어들어갈까 봐 겁을 낸다.

그녀는 9층 이상에서 창문 밖을 바라보는 것을 두려워한다.

제냐는 손가락과 정맥에서 혈액을 채취하는 것을 너무 무서워하여서 항상 간호사에게 자신이 기절할 수도 있으니 탄산 암모늄을 미리 준비하도록 요청한다.

나도 지지 않으려고 애썼다. 물론 나는 자루와 꼬리

두 개 달린 괴물을 무서워하지는 않는다. 하지만 나를 놀라게 하는 무언가가 있다.

나는 외계인이 나를 납치해서 내 뇌의 생각을 지울까 봐 무서웠다. 이것은 아마도 어렸을 때 스컬리와 멀더가 나오는 시리즈물을 보았기 때문일 것이다.

비록 항상 높은 층에서 살고 있지만 나는 누군가가 밤에 창문을 통해서 나를 볼까 봐 두려웠다. 가끔 나는 가장 무서운 얼굴을 상상하지만 그것은 그저 툭 튀어나온 눈을 가진 이상한 녹색 생물에 불과했다. 때로 그것들은 뭉크의 그림 〈절규〉에 나오는 캐릭터와도 닮았다.

나는 정육점에 놓인 돼지 머리를 무서워한다. 내 생각에 그것들은 다시 살아나서 사람들에게 복수를 할 것만 같았다. 어렸을 때 엄마와 함께 시장에 갈 때면 나는 정육코너로는 들어가지 않고 엄마를 바깥에서 기다렸다. 나는 엄마가 주름 많은 돼지들의 잘려진 머리 사이를 걸어다니며 무언가를 구입한다는 것이 도대체 이해가 되지 않았다. 그곳의 냄새는 한 마디로 끔찍했다.

나는 인터넷이 안 될까 봐 두려워한다.

나는 열여섯 살임에도 한밤중에 어둠 속에서 누워있

을 때 엘리베이터가 우리가 사는 층에 멈추어 설까 봐
무섭다. 엘리베이터가 움직이는 소리가 나면 나는 "하느
님! 제발 우리 층에 멈추지 않게 해주세요!"라고 기도를
했다.

엄마가 자신과 어울리는 사람을 끝까지 못 찾을까 봐
두렵다.

나는 개를 무서워한다.

나는 또한 누군가가 등 뒤에서 다가와 나를 때릴까 봐
무섭다. 그래서 나는 산책을 할 때에 가끔 뒤를 돌아본다.

어렸을 때 나는 내가 엄마의 아들이 아닐까 봐 두려워
했다. 사악한 알콜중독자들이 부모라고 하면서 나를 데
려갈까 봐 무서웠다.

지금 나는 제냐와 끝까지 함께 하지 못하고 그녀의 신
뢰를 져버릴까 봐 두렵지만 나는 이 사실을 그녀에게 이
야기하지 않았다.

"심리 치료사들은 지금의 우리를 보고 비웃을 거야."
제냐가 마음을 가라앉히지 못하고 말했다.

나는 제냐를 너무 그리고 싶었다. 흉터가 있는 그대로
의 그녀를 말이다. 나는 만약 내가 그녀를 그리지 않는

다면 미쳐버릴 것 같다는 생각을 하였다. 이 모든 것을 종이 위에 쏟아 내야만 한다. 내가 지금 보고 있고 듣고 있는 모든 것들이 나를 넘쳐 흐르고, 나는 폭발할 수도 있었다.

그녀는 내 앞에서 옷을 벗는 것도 두려워하지 않았다. 난 집중하기가 어려웠다. 하지만 난 스스로에게 최면을 걸고 그녀의 흉터들이 모두 보이도록 자세를 고쳐서 앉혔다. 나는 그녀를 그리지 않았다. 나는 세상의 모든 흉터를 그렸다. 세상의 모든 사랑을 그렸다. 세상의 모든 행복이 지금 내가 그리고 있는 종이 위에 있었다. 나는 어떤 경매장에도 이것을 내놓지 않을 것이다. 제냐는 움직이지 않고 앉아 있는 것에 전혀 지치지 않았다. 마치 그녀는 이것을 위해서 태어난 것 같았다. 그녀는 말을 하지 않는 것에 익숙했다. 그리고 침묵과 움직임 없음은 하나의 상태이다. 어떤 종류의 내부의 힘이 보존되고 하나의 상태로 유지되는 것을 의미한다.

그것은 사랑이 아니었다. 우정도 아니었다. 결코 사라지지 않기를 원하는 그런 것이다. 우정은 사람들에게 실망을 줄 수 있다. 만약 한 달 후에 제냐가 나를 버리더라도 나는 행복감을 잃지 않을 것이다. 해질녘에 단 한 번만 피는 꽃과 같이.

내가 그림을 다 그렸을 때 그녀는 그림을 보기 위해고 재빨리 내게 왔다. 그녀의 눈은 몇 초 동안 그림 위를 훑고 지나갔고 나는 그 눈길을 쫓았다. 잠시 뒤 그녀는 울기 시작했고, 나를 안아 주었다.

"사랑해."

나는 어깨 부분에서 흐느껴 우는 소리를 들었다.

다음날 아침 집에 도착했을 때 엄마는 이미 일어나서 커피를 내리고 있었다. 나는 엄마가 커피를 내리는 모습을 좋아한다. 때로는 이것이 유일하게 그녀에게 즐거움을 주는 것 같다는 생각이 든다. 물론 마티니와 거짓말하는 사람들을 비난하는 어떤 사람에 관한 드라마도 엄마에게 즐거움을 준다.

"아, 탕자가 돌아왔네. 어디서 나이 어린 여자를 찾은 거야? 나이 든 엄마는 더 이상 필요 없다 이거지? 아, 외할아버지가 너를 봤어야 하는데!" 엄마가 장난스럽게 중얼거렸다.

"외할아버지라고? 외할아버지도 외할머니 몰래 젊은 여자를 만났다는 거야?" 나는 엄마를 안았다. 그리고 커피잔을 내밀었다.

"젊은 여자는 잘 모르겠어. 하지만 네 외할아버지는 어디서 오는지 아침에 집에 오는 경우가 많았어. 그럴 때 외할아버지의 얼굴은 지금 네 얼굴과 똑같았어."

"그럼 엄마는 엄마 아빠와 어떻게 합의를 한 거야?"

"우리가 뭘 합의해야 하는데?"

"그러니까, 최소한 지금 엄마는 외할아버지랑 서로 으르렁 대지는 않잖아."

"외할아버지가 엄마에게 으르렁 댈 수는 없지. 하지만 엄마는 계속 으르렁 댈 거야. 우리는 그렇게 약속했어. 하지만 알렉세이 건에 대해서 넌 나한테 혼이 나야 겠어."

"엄마, 엄마도 봤잖아. 그가 다리 사이에 꼬리를 감추고 도망치는 모습을 말이야. 그 사람도 머저리야. 안 그래?"

"어쩌면, 네 말이 맞을지도. 솔직히 말해서 그런 식의 맞선은 내게 의미가 없는 것 같아."

"내가 하고 싶었던 말이야. 나텔 이모에게도 남자 문제로 엄마를 괴롭히지 말라고 이미 오래전에 이야기했는데……. 만약 알렉세이가 그나마 나은 사람이라면 이모가 알고 있는 나머지 사람들은 보나마나야."

엄마는 자신의 커피잔을 들고 일인용 소파에 앉았다. 엄마는 두 발을 응접 테이블에 올려놓았다.

"타냐 외숙모가 전화했어. 로마 외삼촌하고 이혼하기로 했다네." 엄마가 자신의 오빠와 그 가족 걱정을 많이 하고 있다는 것을 알 수 있었다.

"으응, 그래. 무슨 말을 하겠어. 난 아직도 믿기지 않아."

"나도. 그런 사람들이 이혼을 하면 우리는 어쩌라고?"

"우리라고? 누구를 말하는 거야? 루저들?" 엄마 옆의 일인용 소파에 앉으면서 내가 말했다. 그리고 우리는 깔깔거리고 웃었다. "엄마, 난 엄마에게 제냐를 소개시켜 주고 싶어."

"오, 안 돼. 너희 둘 진지하게 만나고 있는 거야? 그러니까 내가 생각했던 것보다 더 빠르게 엄마인 나를 버린다는 거냐?" 엄마는 담배를 꺼내 들었다.

"진지하게 만나는지 아닌지는 아직 이야기하기 일러. 그냥 엄마에게 소개시켜 주고 싶은 것뿐이야. 걔도 반대하지 않아. 다만, 조심해서 그녀를 다뤄 줘. 걔는 어렸을 때 생긴 정신적인 트라우마를 가지고 있어. 이야기하자면 길어. 나중에 이야기해 줄게. 한 마디로 걔를 대할 때 조심해 줘."

"우리에게 정신병자는 필요하지 않아. 시간이 지나면 지날수록 더 힘들어져."

"엄마, 그렇게 미리 예단하지 마. 엄마는 아직 걔 얼굴도 보지 못했잖아."

저녁 때 나는 제냐와 함께 엄마와 막스를 서로 더욱 가깝게 만들어주자고 결심했다. 자그마한 파티를 준비했다. 동시에 제냐를 엄마에게 소개시켜 주는 거다. 막스를 불렀다. 다만 엄마가 무슨 이유에서인지 나텔 이모도 불렀다. 아마도 엄마는 자기 편에 설 누군가가 필요했던 것 같다. 중요한 것은 이번에도 나텔 이모가 결혼할 또다른 남자를 데려오지 않기를 바랄 뿐이다. 그녀는 충분히 그럴 사람이기 때문이다. 캥거루는 항상 가방 속에 여분의 남자들을 가지고 다닌다. 나는 아빠에게 전화를 하고 싶었지만 아빠는 저녁에 이곳을 떠날 계획이었다. 점심 때 들려서 아빠는 내게 다시 한번 모스크바로 가서 대학교를 다닐 생각이 없는지 물었다. 나는 아빠의 제안을 거절했다. 아빠는 내게 꽤 많은 돈을 주었다. 나는 그중 일부를 갖고 나머지는 엄마에게 주었다.

제냐는 매우 긴장하고 있었다. 나는 그녀를 진정시키려고 노력했다. 그녀는 엄마에게 인사드리는 것이 너무 떨린다고 말했다. 그리고 나는 무슨 이유인지 나텔 이모가 오는 것이 두려웠다. 그녀가 여기 왜 와야 하지? 그녀가 엄마를 막스로부터 떼어낼지도 모른다. 그러니 되도록이면 나텔 이모가 좀 일찍 일어나서 갈 수 있도록 해야겠다. 나도 긴장을 하고 있었다. 하지만 내 긴장감이 제냐에게 전달되지 않도록 노력했다. 막스는 모든 게 다 잘 될 것이라고 했다. 그가 곁에 있는 것이 얼마나 힘이 되는지 모르겠다. 막스는 내편이다. 그것만은 확실하게 알고 있다. 내가 막스를 알지 못한다고 하더라도, 예를 들어서 우연히 바에서 서로 보게 되면 그는 반드시 나와 대화하려고 할 것이 틀림없다. 아니면 반대로 내가 그와 이야기를 하고 싶어 했을 것이다. 나는 일어서서 담배나 뭐 그런 것을 달라면서 말을 걸었을 것이다.

엄마와 나는 가벼운 뷔페식으로 상을 차렸고, 나텔 이모가 우리를 도와주었다. 막스는 와인을 가지고 왔다.

막스는 와인을 고르는 방법을 잘 알고 있으며 전생에 개인 와인 저장고를 가지고 있었다고 말한다. 오늘 그는 멋지게 옷을 입었다. 그는 문신이 보이는 티셔츠를 입었다. 엄마는 문신을 좋아하지만 그것을 겉으로 티 내지 않는다. 제냐는 조금 늦었지만 중요한 것은 그녀가 왔다는 것이다. 그녀는 언젠가 누군가의 부모님과 상견례를 한 적이 있다고 말하였다. 어른들이 앉으라고 했는데 그녀는 잠시 앉았다가 참지 못하고 10분 후에 그곳으로부터 도망 나왔다고 했다. 그녀는 때때로 공황 상태에 빠질 수 있다. 중요한 것은 제발 오늘은 그렇지 않기를 바랄 뿐이다.

나는 사람들에게 제냐를 소개시켜 주었다. 그러고 나서 나는 막스와 함께 와인과 넵킨을 가지러 갔다. 그때 막스가 내 선택이 훌륭한 것 같다고 말했다. 막스에게서 그런 말을 듣는 것은 내게 아주 중요하다. 왜냐하면 그는 여자에 대해서 잘 알기 때문이다. 나는 기분이 좋았다. 하지만 제냐가 아무 말도 하지 않고 있었기 때문에 조심할 수밖에 없었다. 물론 기다리면 될 문제이다. 하지만 엄마는 그것을 전혀 이해하지 못하고 있다. 제냐는 새로운 사람들에 익숙해지기 전까지 그렇게 행동할 것이다. 어느 순간 나는 내가 감당할 수 없는 사랑을 하고 있는 것은 아닌가 하는 생각이 들었다. 하지만 그런 생각은 금방 지나갔다. 불현듯 오늘 저녁의 또 하나의 목적이 생각났기 때문이다. 그것은 막스와 엄마이다.

어색하여서 물어보기 힘들었지만 나는 마침내 물어보았다.

"막스 형, 우리 엄마 마음에 들지, 안 그래?"

그는 잠시 말을 멈추고 야릇한 표정으로 나를 바라본 다음 가져온 와인병을 조리대에 올려 놓고 가슴 위로 손으로 십자가를 그렸다.

"싸샤, 내가 네게 그렇다고 말했잖아. 하지만 맨, 네 엄마가 날 전혀 마음에 두고 있지 않아."

이상한 일이다. 막스는 강하고 크다. 그런데 사랑에 대해서 이야기를 할 때면 가장 작은 사람으로 변한다. 그의 어깨는 좁아지고 목소리는 아주 가늘어진다.

"형, 엄마도 형을 좋아해. 분명해. 나는 알 수 있어. 나텔 이모 때문이야. 그녀가 형한테서 엄마를 떼어내고 있어. 형이 엄마보다 어리기 때문이야. 그리고 바이크를 타기 때문에 그런 거야. 전 세계를 배회할 것이라는 거야. 말도 안 되는 이유지. 이제 형이 주도권을 잡아야 해."

"넌, 왜 그렇게 걱정을 하는데?" 막스가 웃으며 말했다.

"글쎄, 내겐 아빠가 필요해." 나는 조심스럽게 말했다.

그때 제냐가 엄마 그리고 나텔 이모와 함께 대화하는 것을 어려워하고 있는 것이 보였다. 그녀는 심지어 나를 비난하는 듯 쳐다보았다. 그렇다. 난 제냐를 그렇게 혼자 내버려 두지 말았어야 했다. 나텔 이모는 진짜 괴물이다. 아마도 바보 같은 질문으로 그녀를 괴롭혔을 것이다.

막스는 조금 더 가까이 엄마 곁으로 가서 앉았다. 그리고 잠시 뒤 그릇들을 가지러 함께 부엌으로 갔다. 나는 제냐, 나텔 이모와 함께 남았다.

"자, 제냐. 넌 왜 아무 말도 하지 않는 거야? 우리는 무서운 사람들이 아니야. 널 잡아먹지 않아." 약간 비꼬는 투로 나텔 이모가 말했다.

제냐는 그녀의 질문에 대답하지 않은 채 내 도움을 기대하는 눈빛으로 나를 쳐다보았다.

"나텔 이모, 다른 이야기를 하죠?" 나는 삐걱대는 바지선에게 제안을 했다.

"왜? 난 제냐가 우리에 대해서 어떻게 생각하는지 궁금해. 제냐가 우리를 마음에 들어하지 않는다는 느낌이야."

"그만 하자니까요." 나텔 이모가 놀라도록 난 신경질적으로 말했다.

"좋아, 알았어. 왜 그렇게 신경절적으로 말하는 거야? 난 그냥 질문했을 뿐이야."

나는 제냐를 안아 주었고, 나텔 이모는 마침내 입을 다물었다. 엄마와 막스는 오랫동안 부엌에서 돌아오지 않았다.

"난 여기에 불필요한 사람 같구나. 부엌에 가서 소피야를 도울 일이 없는지 봐야겠다." 그녀는 나와 제냐가 포옹하는 것을 보고 불쑥 말을 했다.

그녀는 일어나려고 했지만 그때 막스와 엄마가 거실로 왔다. 엄마는 매우 당황한 모습이었고 막스는 승자처럼 보였다. 이제 나는 둘의 관계에서 불필요한 사람이 되었다고 느꼈다. 둘의 관계가 잘 된 것 같았다. 나는 제냐의 손을 잡고 함께 어딘가로 가고, 너무나도 막스와 엄마 단 둘이 있게 하고 싶었다.

남은 저녁 시간을 막스는 엄마 곁에서 보냈다. 나텔 이모는 눈치가 없어도 너무 없었다. 그녀는 끊임없이 맞선 상대로 이런 저런 남자들에 대해서 이야기를 하며 둘의 관계를 방해하려고 애썼다. 하지만 내 생각에 엄마는 더 이상 나텔 이모의 말에 신경을 쓰고 있지 않는 것 같았다.

저녁이 되었고 난 제냐와 함께 제냐 집에 갈 생각을 하면서 엄마가 혼자 집에 남아 있지 않기를 바랐다. 하지만 막스는 엄마와 단둘이 남아 있을 수 없다고 말했다. 그러기는 아직 이르다고 했다. 게다가 그는 엄마가 정말로 그를 필요로 하는지 아직 알아 내지 못했다. 그가 말하길 술에 취해서 아빠와 비슷한 외모에 엄마가 그를 좋아할 수도 있겠지만 술이 깨면 어떤 일이 일어날지 아직 모르겠다고 했다. 그 결과 방탕한 나텔 이모가 엄마와 함께 남게 되었다. 자신의 45년 인생을 살면서 여전히 독신인 사랑 전문가. 나는 그녀의 고객이 되고 싶은 생각이 없다.

아침에 나는 나텔 이모가 자신의 그물을 칠 시간이 없도록 좀 일찍 집으로 돌아가기로 결정했다. 게다가 제냐는 시험 준비를 해야 한다고 했다. 그녀는 어느 대학에 가려고 하는지 내게 알려주지도 않았다. 가장 소중하게 여기는 것은 처음에 알려주면 안 된다고, 만약 그렇게 하면 이루어지지 않는다고 말했다.

내가 집에 도착했을 때 거실과 부엌에는 아무도 없었다. 나는 주위를 둘러보았고 엄마와 나텔 이모가 발코니에서 이야기하는 소리가 들렸다. 무슨 말을 하는지 엿들을 수 있었다.

"그래, 걔는 너한테 전혀 어울리지 않아. 네가 보기엔 안 그렇다는 거야? 소피야, 정신차려! 넌 물불 안 가리고 뛰어드는 그런 나이가 아니잖아. 날 믿어. 너 같은 사람들을 수도 없이 치료해줬어. 몇 달 동안 자신들이 갖고 있는 우울증을 치료하기도 해. 몇몇은 미치기도 해!"

"나텔, 네가 하는 말 다 이해해. 하지만 난 그가 마음에 들어. 난 아무렇지도 않게 그 감정을 떨쳐버릴 수 없어. 오랫동안 난 그런 감정을 갖지 못했어. 막스가 곁에 있을 때 내게 무슨 일이 일어나는지 난 네게 설명조차 할 수 없어."

"어떻다는 건데? 뻔하지 뭐. 넌 오랫동안 남자를 사귀지 못했어. 그러니 피가 막 끓겠지. 뭘 이해하지 못한다는 거야?"

"그만 둬. 넌 알잖아. 내가 가장 중요하게 생각하는 건 그게 아니라는 걸."

"중요하든 중요하지 않든 자연의 섭리야. 논쟁거리도 아니야. 나중에 팔꿈치를 물면서 눈물을 흘릴 거야. 나는 그런 종류의 남자를 알아."

"이제 다른 이야기를 하자. 제발 그 이야기는 그만 하자."

"난 그저 내 친구가 행복하길 바랄 뿐이야."

나쁜 여자. 내 생각에 이 캥거루는 엄마가 마침내 남

자를 찾게 되면 그녀 혼자 요가 매트 위에 남겨질 것을
두려워하는 것임에 틀림없다. 엄마를 구해야 한다. 나는
막 발코니로 가려고 했는데 그때 흥미로운 이야기가 다
시 시작되었다.

"제냐에 대해서 어떻게 생각해?" 나텔 이모가 단도직
입적으로 물었다.

"내 생각에 나쁘지 않은 것 같아. 최소한 꼬리치고 다
니는 여우는 아닌 것 같아. 어쩌면 좋은 짝이 될 것 같기
도 해. 싸샤가 혼자서 장난감 기차를 가지고 놀지 않기
만을 바랄 뿐이야."

"내 생각에 제냐는 좀 이상한 아이 같아. 전혀 말을
하지 않았어, 무슨 말인지 알아? 머리에 무슨 문제가 있
는 거 아닐까?" 나텔 이모는 마치 다음 말을 어떻게 해
야 할지 고민을 하듯 잠시 말을 멈춘 후 계속 말을 이어
갔다.

"아니야, 걔가 뭐 정신병자거나 뭐 그렇다는 이야기
는 아니야. 그러니까 뭐 이런저런 장애라는 것이 있잖
아. 그것들이 나중에 다 네 손자손녀에게 영향을 미칠
수 있어. 만약 그것이 사실이라면 말이야."

"싸샤가 그러던데 제냐는 어렸을 때 생긴 정신적인 트라우마가 있대. 아마도 그래서 그럴 거야. 게다가 이해해야지. 남자 친구의 엄마를 처음으로 본 거잖아. 물론 두렵겠지, 안 그래?"

"내가 너였다면 조사를 해볼 거야."

"뭘 조사해?"

"원한다면 말이야. 그 분야에 아는 사람들이 있거든. 데이터베이스에 그 아이 이름을 입력하면 많은 자료를 구할 수 있어." 나텔 이모가 정도가 심한 말을 계속 했다.

"들어 봐, 그건 좀 너무 나간 것 같아, 나텔. 필요 없어. 난 싸샤한테 그럴 수 없어. 알아야 할 것들이 있다면 싸샤가 직접 모든 걸 이야기해 줄 거야."

"이야기해 주겠지. 하지만 그렇게 되면 너무 늦을 거야. 어떤 종류의 정신병을 가진 아이를 낳을 거고. 네게 그 아이를 맡아 키우라고 할 거야. 그때 후회하게 될 걸! 내가 그런 경우를 얼마나 많이 봤는데!"

"어떻게 해야 할지 모르겠어."

"게다가 자료를 찾는 것은 네가 아니라 나야. 그러니 걱정 마. 어쩌면 모든 게 정상일 수도 있잖아. 자료를 보면 알 수 있어."

믿을 수 없는 일이 벌어지고 있다. 엄마는 정말로 이 캥거루의 꼬임에 빠질까? 자기가 가지긴 싫고 남 주긴 아까워하는 이 녹슨 바지선의 꼬임에?

나는 더 이상 참을 수 없었고 결국 발코니로 가서 난리를 피웠다. 내가 무슨 말을 했는지 기억나지 않는다. 하지만 엄마는 무슨 이유에서인지 내가 아니라 나텔 이모를 방어해줬다. 그것은 나를 화나게 했다. 나는 벽에서 몇 장의 사진을 뜯어내고 옷가지 등을 가방에 넣고 제냐에게 갔다. 내가 안타깝게 느낀 유일한 것은 내 방에 나 없이 남게 될 기차놀이세트이다. 나는 엄마가 그것들을 어딘가로 치울까 봐 걱정이 되었다.

제냐가 나를 받아들일 지 알 수 없었다. 그녀가 나와 함께 살고 싶어 할까? 싫어하면 잠시 막스랑 함께 살면 된다. 그는 이해할 것이다. 제냐에게 같이 살아도 되냐고 물으러 가는 것이 마음에 들지 않는다. 하지만 이 첫 걸음이 앞으로 둘의 관계의 발전에 도움이 될 거라고 믿는다. 나는 마침내 자신만의 인큐베이터에서 나와 내 발로 서게 된 것이다. 어쩌면 이렇게 모든 게 갑자기 이루어지는 것이 더 나을 수도 있다. 안 그랬다면 나는 장난감 기차와 얼마를 더 놀아야 할지 모르겠다. 나는 막스에게 전화해서 전부 이야기를 해주었다. 그는 내가 바보이고 침착해야 하며 어른스럽게 모든 문제를 해결해야 한다고 했다. 그는 엄마와 이야기해주겠다고 약속했다.

내가 막스와 통화를 막 마치자마자 엄마가 전화를 해

대기 시작했다. 난 전화를 받지 않았다. 아마도 지금까지 살면서 엄마의 전화를 일부러 받지 않은 것은 이번이 처음일 것이다. 전화를 받지 않으면 사람들이 바로 몇 번이고 전화를 계속 해대는 것을 나는 싫어한다. 게다가 내가 화가 나 있을 경우는 더욱더 그랬다. 나는 전화기의 전원을 꺼버렸다. 잠시 뒤 나는 다시 전화기를 켰다. 엄마에게서 자기를 용서해달라는 문자가 와 있었다. 나는 엄마가 혼자 있는 것을 두려워한다는 것을 이해했지만 아직 내 화는 안 풀렸으므로 어떻게 해야 할지 몰랐다.

내가 제냐에게 갔을 때 그녀는 그림을 그리고 있었다. 나는 그녀의 그림 스타일이 좋다. 어떤 화풍이라고 이야기할 수는 없다. 반 고흐의 느낌이 조금 있었지만 고흐의 화풍은 아니었다. 그녀는 내가 엄마와 싸웠다는 것을 알고 매우 화를 냈다. 그리고 엄마에게 전화를 하라고 강력하게 말했다. 그녀는 심지어 직접 엄마에게 전화를 하기 위해 내 전화기를 빼앗으려 했지만 나는 전화기를 감추고 안주었다. 결국 이 모든 것이 우리에게 필요한지 어떤지 알기 위해서 당분간 제냐와 함께 살기로 했다. 나는 마지막까지 버틸 것이라고 결정했다. 왜냐하면 이런 기회는 두 번 다시 없을 것이기 때문이다.

저녁 때 막스가 전화를 해서 말하길 엄마를 진정시켰으며 나텔 이모와도 이야기를 나누었다고 했다. 나텔 이모는 더 이상 우리 가족 일에 끼어들지 않겠다고 약속했다고 한다. 나는 막스가 제대로 그녀를 처리했기를 기원했다. 그렇지 않았다면 그녀는 하루도 지나지 않아서 다시 불평을 시작할 것이다. 이제 막스는 더 자주 엄마에게 갈 것이다. 내가 둘의 관계에 훼방꾼이 되었을 수도 있었다!

바로 다음 날 엄마와 나는 전화로 화해를 했다. 하지만 나는 집으로 돌아가는 것을 서두르지 않았다. 나는 심지어 이제부터는 엄마의 집에 손님으로만 가게 될 것이라는 기대를 갖게 되었다. 나는 일을 찾기로 결심했다. 제냐와는 모든 일이 순조롭게 잘 진행되었다. 처음엔 걱정을 했지만 나는 그 걱정을 금방 잊을 수 있었다.

우리는 함께 산책을 하였고 손가락을 빨면서 솜사탕을 먹었다.

우리는 서로 상대방의 얼굴을 그리고 다음에 서로의 몸을 그렸다.

나는 제냐에게 요리하는 법과 칵테일을 제조하는 법
을 알려주었다.

가끔 우리는 하루 종일 영어로 대화를 나누기도 하
였다.

우리는 바르셀로나에 가기로 결정했다. 우리는 심지
어 그곳에서 살기로 결정했다. 왜냐하면 그곳은 멋진 도
시이고 바다도 있었기 때문이다.

우리는 그림을 그리는 데 서로에게 영감을 주었다.

우리는 막스 집에 놀러 다녔다. 그리고 막스는 엄마와
어떻게 진행되고 있는지 이야기해 주었다.

가끔 엄마와 막스가 우리 집에 왔다.

우리는 엄마가 밝아진 것을 보고 기뻤다.

엄마는 막스와 함께 '도시이름 끝말잇기' 게임을 하기
도 했다. 그들은 암스테르담에 다녀왔다.

우리는 서로가 따로 본 영화를 함께 보기 위해서 영화
관을 갔다.

우리는 심지어 심리 치료사 오두반치코프에게 함께
갔고, 내가 아빠의 뒤를 따르게 될 것이라는 두려움도
점점 작아졌다.

우리는 우리에게 사랑이 있는 것이 아니라 동질감이 있는 것이라고 말했다.

우리는 '어드벤처 데이'를 만들고 울타리를 넘어 금지된 장소에 갔다.

우리는 '철학과 함께 하는 저녁 식사'를 만들고, 막스와 엄마를 초대하여 지적인 대화를 하였다.

우리는 심지어 같은 문신을 하고 싶었지만 그것이 유치하다고 판단했다.

우리는 제냐의 월급과 내가 카페와 레스토랑에서 그림을 그려주고 받은 돈으로 살았다.

제냐는 꽤 유명한 잡지의 삽화와 사진 작업을 하게 되었고 나는 여기 저기 돌아다니며 일을 했다. 엄마는 나에게 자신이 일하고 있는 출판사에서 일을 하지 않겠냐고 제안했지만 나는 거절했다. 나는 혼자서도 잘 할 수 있기를 원했다. 그리고 점차적으로 그것은 이루어졌다. 한번은 우리 도시의 유명한 클럽 중 한 군데에서 출입구에 그림을 그려 달라는 제안을 받기도 했다.

엄마는 제냐와 내가 그녀와 함께 살 것을 제안했다. 물론 우리는 그렇게 하지 않기로 결정했다. 갈등을 피할 수 없을 것이기 때문이다. 게다가 나는 막스가 엄마와 함께 살기를 원했다.

제냐와 나는 큰 매트리스를 바닥에 깔고 잤다. 나는 그것이 마음에 들었고, 제냐도 그것을 좋아했다. 그곳은 마치 우리만의 아지트 같았다. 아무도 우리를 방해하지 못하는 곳, 우리는 그곳에서 안전함을 느꼈다. 우리는 함께 항해를 했다. 다만 어디로 가는지 알 수 없었다. 하지만 난 우리가 제대로 항해를 하고 있다는 것을 느낄 수 있었다.

나는 모든 것이 잘 되고 있으며 좋아지고 있다는 이 느낌을 기억하려고 노력했다.

커다란 진열장이 있다. 진열장의 창문은 유리로 되어 있어서 그 안이 훤히 들여다 보인다. 무엇이 어디에 있는지 잘 알 수 있다. 바로 그 진열장에 당신이 사랑하는 사람이 있고, 당신이 해야 할 일이 있다. 그런데 아래에 놓여져 있는 작은 상자에는 당신이 두려워하는 것이 있다. 절대로 그것을 열어서는 안 된다. 진열장이 폭발할 수도 있다. 이런 경우 당연히 상자의 열쇠를 강물에 버리고 완전히 잊어버리는 것이 나을 것이다. 나는 그래서 그것을 잊어버리기로 했다.

나는 제냐에게 이런 나의 생각을 이야기해 주었다.

"그러니까, 나도 우리의 이러한 상황이 한순간에 모두 끝나버릴까 봐 두려워." 그녀가 조심스럽게 말했다.

"제냐, 끝나지 않을 거야." 근거 없는 확신을 가지고 내가 대답했다. 물론 나도 걱정을 했다. 하지만 난 그것을 제냐가 눈치 채지 않기를 바랐다.

"어쨌거나 그런 날은 오게 돼 있어."

"그런 날?"

"몰라. 모든 게 무너지는 순간. 문제는 우리가 기억하는가 기억하지 않는가 이지."

"모든 게 무너지는 순간! 난 세 살 때 아빠가 우리를 버렸을 때 그 순간을 느꼈어. 그때 이후로 모든 게 엉망이 되었지. 그래서 지금은 그러한 순간이 내겐 아무렇지도 않게 느껴져."

"그 순간이 오지 않기를 바라." 확신 없이 제냐가 말했다. 나는 그녀에게 빅허그(Big Hug)로 대답했다.

여름은 보잉 747처럼 빠르게 지나갔다. 나는 전에 이렇게 빠른 타임머신을 타본 적이 없다. 하지만 나는 이여름날들을 더 확실하게 기억하기 시작했고 '나의 여름날'과 같은 일련의 그림이나 그런 것에 대해 생각을 하기 시작했다.

나는 하루 종일 제냐가 집으로 오기를 기다렸다. 나는 그녀와 이 아이디어에 대해 논의를 하고 싶었다. 하지만 그녀는 오지 않았다. 어떤 이유인지 그녀는 전화도 받지 않았다. 아마도 직장에서 일이 너무 바쁜 것 같았다.

늦게서야 그녀가 왔다. 그런데 그녀는 왠지 제정신이 아닌 것 같았다. 그녀는 새로 산 구두 때문에 발뒤꿈치에서 피가 나고 있다는 사실도 눈치 채지 못하고 있었다. 나는 그녀가 신발 벗는 것을 도와주었고 발을 씻고 온 그녀에게 밴드를 붙여 주었다. 그녀는 아무것에도 신경 쓰지 않는 것 같았다. 그녀는 나와 이야기를 하고 싶어하지 않는 것 같았다. 그녀는 내 질문에 바보 같이 엉뚱한 대답을 하였다. 그날 저녁 나는 제냐가 뭔가를 숨기고 있다고 느꼈다. 나는 믿고 싶지 않았다. 무슨 일이 있으면 그녀는 항상 내게 다 이야기를 해주었다. 시간이 필요하다는 말인가? 때가 되면 그녀가 직접 이야기를 할 것이다.

밤이 깊어지자 제냐는 조금은 전의 모습으로 돌아왔다. 그녀는 심지어 나를 안아주고 무뚝뚝하게 대한 것에 대해 사과했다. 하지만 나는 그녀 안에서 다른 어떤 것이 요동치고 있는 것을 보았다. 그것은 마치 한 남자를 감옥에 가두었는데 그가 얼굴에 미소를 지으며 점프하는 것과 같았다. 꿈 속에서 그녀는 무언가를 말했지만 나는 무슨 말인지 이해하지 못했다.

내가 잠이 깨었을 때, 제냐는 서서 거울에 비친 자신의 얼굴을 슬픈 표정으로 바라보고 있었다.

"내 눈 아래에 흉칙한 다크서클이 있어, 싸샤."

나는 일어나서 그녀를 안았다. 나는 그녀에게 다크서

클이 없다고 말하고 싶었다. 하지만 정말로 다크서클이
있었다.

"그렇게 흉하지 않아. 잠을 더 자도록 해."

"응, 아마도. 신경을 너무 써서 그럴 거야."

"정말로 무슨 일이 있었는지 이야기해 주지 않을 거
야, 제냐?"

"뭘? 무슨 말이야? "

"제냐, 다 보여."

"그냥, 그러니까 공부하는데 몇 가지 문제가 있었어.
지금은 다 해결했어. 그냥 걱정을 했던 거야." 그녀는
거실 바닥 어딘가를 바라보다가 욕실에서 시선을 멈추
었다.

물론 나는 그녀에게 설명을 요구할 수도 있었다. 하지
만 난 거짓말 탐지기 역할을 하고 싶지 않았다. 게다가
나는 인내심이 많은 편이다. 엄마는 나의 그런 점에 대
해서 늘 불만이었다. 예를 들어서 나는 뜨거운 물 속에
손을 넣고 오랫동안 참을 수 있다. 오랫동안 난 아프지
않았다. 나는 그냥 물이 차갑다고 마음 속으로 말했다.
그러면 뜨거움을 전혀 느끼지 않았다. 이제 나는 제냐가

나한테 숨기는 것이 아무것도 없다고 생각하기로 했다. 그래서 그녀가 화장실에서 울거나 이야기의 주제를 다른 것으로 돌려도 모르는 채 하기로 했다. 실제로 나는 그녀가 무언가를 숨긴다는 것이 너무 두렵다. 어쩌면 그녀는 자신과 더 잘 어울리는 누군가를 찾았을지도 모른다. 결단력이 있는, 장난감 기차를 가지고 놀지도 않고, 딱정벌레와 이야기하지도 않는 누군가 말이다.

최근 나는 딱정벌레와 더 자주 이야기하기 시작했다. 뭔가 잘못되고 있다고 느낄 때 내게 자주 일어나는 현상이다.

심지어 마치 딱정벌레가 내게 대답을 해준 것 같았다. 딱정벌레가 말했다.

"걱정마!"

"다 잘 될 거야."

"그녀는 널 버리지 않을 거야."

정상적인 사람이라면 무슨 일이 일어나고 있는지 알아내려고 할 것이다. 하지만 나 같은 바보는 모르는 채하고 있는 것이 더 쉽다. 나는 나 자신을 더욱 미워하기 시작했다. 나는 다시 한번 오두반치코프 선생님을 만나러 가야하나 하고 생각했다.

나는 머지않아 나만의 네버랜드가 붕괴될 것이라고 느꼈다. 모든 상황이 이야기를 해주고 있다.

제냐는 무언가를 숨기고 있다.

로마 외삼촌은 마침내 이혼 수속을 밟고 있다. 즉, 그의 딸들이 나같은 루저가 된다는 것을 의미한다.

마이클 잭슨은 땅에 묻힐 것이다. 즉, 모든 상황을 보았을 때 그는 진짜로 죽었다. 비록 그의 죽음에 대한 증명이 너무 오랫동안 진행되어서 그가 바하마에서 이 모든 것을 지켜보고 있을 것이라는 일종의 희망을 주기도 하지만 말이다.

그런데 난 더 이상 이것에 흥미를 느낄 수 없게 되었다. 왜냐하면 어느날 저녁 제냐가 나와 이야기를 할 것이 있다고 말했기 때문이다.

만약 누군가가 이런 상황에서 이렇게 이야기한다면 좋은 소식을 기대할 수 없다. 좋은 소식은 바로 이야기를 한다. 하지만 나쁜 소식은 인스턴트 스프와 같이 물을 붓고 기다려야 한다. 그리고 맛도 딱 인스턴트 수프 맛이다.

"그러니까, 난 이탈리아로 가서 공부하지 않겠냐는 제안을 받았어. 그래서 난 서류를 등록했어. 모집을 하고 있었거든. 그리고 합격했다는 통보를 받았어." 그녀가 이 이야기를 하는 데에는 2초면 충분했다. 그리고 내게 묻는 듯한 표정으로 나를 쳐다봤다.

시작되었다.

"갈 거야?" 나는 간신히 입을 뗐다.

"사실 난 이탈리아로 유학 가는 걸 너무 꿈꿔 왔어. 몇 년 동안 준비했어. 그리고 합격한 거야. 알겠어?" 제냐가 울기 시작했다.

"싸샤, 함께 가자. 그래, 가자!"

엄마, 기차놀이세트, 가방 속 딱정벌레를 두고 내가 어디로 간단 말인가?

나는 침묵했고 제냐는 내게 결정을 하라면서 앞에서 왔다갔다 했다.

"아니면 가지 말까, 응?" 그녀가 참지 못하고 불쑥 말했다.

그 순간 나는 '가지 마!'라고 말하고 싶었지만, 다행히 제 시간에 정신을 차렸다. 그렇게 말하는 것은 이기심의

극치인 것을 알고 있었다.

"넌 가야 해, 제냐. 반드시 가야 해!"

"그런데 넌 왜 남아 있으려고 하는데? 넌 왜 갈 수 없는데?" 제냐가 거의 비명을 지르기 시작했다.

"넌 내게 여기에 아무도 없다고 생각하는 거야? 아니면 거기서 나를 필요로 하는 사람이 있다는 거야?"

"내게 필요해! 네 엄마에겐 이제 남자가 생겼잖아. 그녀는 혼자가 아니야. 넌 나와 함께 편안한 마음으로 갈 수 있어."

나는 제냐가 옳다는 것을 이해했지만 이런 상황에 대한 준비가 되어 있지 않았다. 바로 머릿속에는 내가 이탈리아에 있는 장면들이 그려졌다. 그녀는 공부를 하고 나는 컴퓨터에 앉아서 〈유로 뉴스〉를 본다. 왜 내가 최악의 상황을 상상하는지 이해할 수 없었다. 왜 나는 제냐와 함께 있는 장면이 생각나지 않는 걸까? 나는 이탈리아에서도 그림을 그리고, 그림을 팔고, 디자인을 공부할 수도 있지 않은가? 나는 진정한 의미의 겁쟁이다. 제냐는 나 때문에 다시 고통을 받게 될 것이다.

"네가 무슨 남자야, 그렇게 모든 걸 다 두려워한다면

말이야! 다시 말해서 넌 나를 사랑하지 않는 거야! 여자들이 가장 좋아하는 것은 그 자리에서 바로 결론을 도출할 수 있는 능력이야."

"들어봐, 제냐. 너는 아무렇지도 않게 와서 내게 그런 이야기를 했어. 넌 내가 어떻게 반응해야 한다고 생각하는 거야? 물론 난 충격을 받았어."

"정상적인 남자라면 기뻐할 거야, 하지만 넌!"

"그러니까 나는 정상이 아니라는 말이지, 그렇지?"

이후 며칠 동안 우리는 끊임없이 말다툼을 하였다. 떠나야 하는 날이 점점 가까이 다가왔다. 비자 등의 문제를 빨리 해결해야만 떠날 수 있다. 하지만 나는 침대에서 끌어내야만 일어나는 어린아이 같은 느낌이 들었다. 커다란 세상은 나에게 거대하고 무시무시한 팔을 뻗었지만 나는 손을 내밀지 않는다. 마치 나를 숨기려는 듯 구석에서 몸을 웅크리고 있다. 하지만 팔과 다리가 다 자라서 라지 사이즈의 옷을 입어야 한다. 더 이상 몸을 숨길 수 없다. 제냐는 내가 껍질을 깨고 나가서 내 능력을 보여줄 수 있는 훌륭한 기회를 주었다. 그런데 나는 바로 지금 내가 그녀를 버리고 떠나가는 것과 그녀를 낯선 나라에서 혼자 있게 하는 것은 전혀 다른 문제라고 생각하고 있다. 다만 어떻게 내가 그녀와 합의를 할 수 있는지 생각하고 있다. 사실 언제 어디서 내가 그녀를 버리는가는 중요하지 않다. 왜냐하면 그 자체가 끔찍한 일이기 때문이다. 도대체 왜 나는 제냐와 사귀기 시작했단 말인가!

다음날 제냐가 유학을 떠나기 전 며칠 동안 자신의 부모님과 지내기 위해서 갔을 때 나는 너무 기분이 우울해졌다. 그녀가 비행기를 타고 떠나는 것을 상상하자 내 생각은 '비자를 받기 위해서 어떤 서류가 필요하지?'하는 것에 머물렀다. 그녀에게는 비자를 줄 것이다. 왜냐하면 그녀는 그곳에서 공부를 하러 가기 때문이다. 그런데 내게 비자를 줄까?

물론 막스는 자기가 알고 있는 여행사가 있는데 그곳을 통하면 언제든지 여행하고 싶을 때 비자를 만들어준다고 한다. 도움이 될 수 있다. 다만 내가 가고 싶은 것일까 아닐까 이해하는 것만 남아있다. 만약 내가 내 인생에서 적어도 한 번은 이런 행동을 해야 할 시간에 제대로 결정하지 못한다면 어쩌면 정말로 늦어버릴지도 모른다. 나는 마침내 제냐를 잃어버릴 수도 있다는 것을 깨달았다. 이제 행동을 해야 할 때가 되자 그녀의 말이 내게 다가왔다.

광대뼈가 경련을 일으켰고 침을 삼키기도 어려웠다. 그래, 아픔은 때로는 눈에 보인다. 그것은 차가운 창턱의 식어버린 찻잔 위에 무릎을 꿇고 있다. 장난감 가게의 진열장에서, 얼어붙은 책 위에서 빙글빙글 돌고 있다. 나는 휴대폰을 들었다가 바로 던져 버렸다. 컴퓨터 자판의 F5를 눌러 본다. 새로 온 메일이 하나도 없다. 다시 휴대폰을 들어서 SMS 메시지를 삭제한다.

나는 꽃을 심기 시작했다. 손으로 무언가를 하면 생각에서 벗어날 수 있을 것 같았다. 나는 땅을 파고 내가 원하는 모든 것을 심을 수 있다고 상상했다. 하지만 봉투 속에 든 꽃씨들은 '백합'과 '페튜니아'뿐이었다. 난 꽃집에서 '용기'와 '결단력'의 꽃말을 가진 꽃씨를 찾지 못했다. 나는 올가와 사귀었던 일이 생각났다. 그때는 올가가 나를 버리고 떠났다. 지금 나는 창피하게도 그런 유치한 생각을 하고 있다. 나는 갑자기 내가 먼저 버려지고 싶지 않다는 것을 깨달았다. 내가 버린다면 처음에는 힘이 들겠지만 그 대신 버려졌다는 느낌은 없을 것이다. 이 삶에서 무언가가 당신에게 달려 있다는 환상이 만들어진다. 사실, 1분만 더 시간이 주어졌다면 내가 버려졌을 수도 있었는데 말이다.

여러가지 이상한 일들이 일어나기 시작했다. 제냐를 사귀기 시작했을 때 제냐가 음악을 다운로드 받아서 주었던 다섯 개의 디스크가 재생이 되지 않았다. 나는 미신을 믿지 않지만 다섯 개의 디스크가 한꺼번에 재생을 중지한다는 것은 내게 경고를 보내는 것 같았다.

나는 제냐를 쉽게 떠나기 위해서 내가 제냐를 미워해야 된다는 생각이 들었다. 그래서 나는 그녀가 가지고 있는 단점들로 나 자신을 설득하기로 했다. 처음에 나는 그녀의 단점들을 기억해내지 못했지만 점차 그것을 찾아냈다.

나는 그녀가 똑같은 노래를 듣고 또 듣는 것을 참기 힘들었다. 그녀는 노래 한 곡을 백 번 반복해서 들을 수도 있었다. 나는 어떻게 그럴 수가 있을까, 어떻게 질리지도 않을까 그냥 이해하지 못했다.

가끔 그녀는 3일 동안 같은 영화를 세 번 보았다. 이것도 나는 참을 수 없었다.

그리고 나는 항상 같은 길을 걷는 그녀를 좋아하지 않았다. 내가 그녀에게 다른 길로 가자고 하면 그녀는 짜증을 내기 시작했다.

나는 그녀가 화장실 문을 열고 소변을 보는 것을 좋아하지 않는다. 우리가 어딘가 가려고 할 때 그녀는 아무렇지도 않은 듯 문을 열어 둔 채 변기에 앉아서 소변을 봤다. 처음에 나는 깜짝 놀랐다. 하지만 그녀는 할머니한테서 그렇게 배웠다고 하였다. 그리고 점차 내 의견은 무시되었다. 그녀에게는 그런 유전자가 있는 것이다. 한번은 제냐가 막스가 와 있는 것을 잊고 있다가 습관대로 행동해서 막스를 당혹스럽게 하였다. 그에겐 웃긴 일이었지만 그녀는 그것을 아무렇지도 않게 생각했다. 나만 어떻게 해야 할지 몰라 했다. 아마도 그녀는 진정한 의미의 자연인이기 때문에 그렇게 했을 것이다. 그녀는 혼자 사는 데 익숙했다. 알몸으로 집안에서 다녔다. 집안의 문들을 닫지 않았다. 다만 샤워를 할 때에는 문을 닫았는데 그 이유는 단지 문을 열어 두면 추워서 따뜻함을 유지하고 싶었기 때문이다.

최근 그녀는 지팡이가 필요하다고 자주 말하기 시작했다. 그리고 나는 전혀 지팡이 역할을 하지 못한다고 했다. 그녀에게 그것이 부족하다고 했다. 나는 이해하지 못했다. 왜 여자에게 지팡이가 필요할까? 그녀는 혼자 서 있을 수 없다는 말인가?

때때로 나는 그녀의 순진함에 짜증이 났다. 제냐는 같은 이름을 가진 두 사람 사이에 앉아 있거나 케이크를 자르면서 세계 평화를 기원하면 이루어진다고 믿는 사람들 중 한 명이다. 매번 나는 그녀에게 사람들이 모두 그렇게 할 수 없다고 이야기를 하면 그녀는 기를 쓰고 더 그렇게 하려고 애썼다. 그 결과 그녀는 울고 나는 그녀를 위로해야 했다.

나는 그녀가 나를 화나게 하는 것을 좋아하지 않았다. 주기적으로 그녀는 지루해하였고 이런저런 사건을 만들었다. 그런 다음 그녀는 심지어 나를 괴롭히기 위해 이 모든 것을 시작했다고 고백하였다. 그것은 나를 미치게 했다. 때때로 그녀는 나를 때렸는데 내가 그녀의 손을 잡아 멈추게 해야만 그만두게 할 수 있다는 것을 알게 되었다. 그래서 나는 그녀의 손을 잡아서 제지하였다. 처음엔 그녀가 아파할까 봐 걱정을 했다. 사실 언젠가 그녀는 내게 단호함이 없다고 말했다. 그렇다 나도 그것을 잘 알고 있다. 어떻게 하라는 말인가! 그렇게 나는 자랐다.

제냐는 길거리에서 음식을 먹는다. 그것은 나를 매우 짜증나게 했다. 그녀는 튀김만두를 사서는 가게 문을 나서면서 바로 먹기 시작한다. 게다가 손가락도 빨아댄다.

그리고 한 가지 더 끔찍한 것이 있다. 그것은 점점 더 자주 일어나고 있다. 그녀는 먼저 말도 안 되는 말을 한 다음 양 같은 얼굴을 하고 다음과 같이 말한다. "오, 싸샤, 내가 그런 말 하지 않은 걸로 하자." 내가 대답하지 않으면 그녀는 다시 말한다. "그러니까, 나는 그런 말을 하지 않았어, 알았지?" 그녀가 이미 그것을 말했다는 것은 사실인데 만약 내가 동의를 하면 자신이 한 말이 취소될 것이라고 생각하는 것 같다. 하지만 그 말들은 내 기억 속에 머물면서 사포처럼 나를 문질러 주고 있었다.

단점 목록이 끝이 났다. 하지만 이것으로는 충분하지 않았다. 이런 식으로 내 사랑으로부터 떨어져 나올 수 없는 것 같다. 난 내 여자에 대한 광고를 만들어야 할 것 같다. 그것은 다음과 같이 이루어질 것이다.

수많은 단점을 가지고 있는 여자 제냐는 독특한 기술로 만들어졌다. 교사의 비명과 가능한 온갖 종류의 공포가 추가되었다. 그녀는 매력적인 모습을 유지하지만 말이 없다. 말없는 여자 제냐. 그리고 징글 제목은 〈제냐-제냐〉이다. 그곳에는 어딘가 멀리에서 들려오는 웃음 소리가 있다. 그것은 나에게 외롭지 않다고 느끼도록 도와준다. 게다가 나는 영화 속 멍청한 장면을 좋아한다. 예를 들어서 영화 속 주인공이 길을 가다가 전봇대에 부딪혀서 넘어진다든가 아니면 바이커가 여자 목소리를 낸다든가 하는 것 말이다. 하지만 나는 얼굴을 향해 케이크를 던지는 행동은 싫어한다.

사실 제냐가 나타나기 전까지는 모든 것이 평화로웠다. 그런데 그녀가 나타나고 아빠가 나타났다. 그리고 혼란이 시작되었다.

집으로 걸어가는 길에 나는 아스팔트 위의 글을 발견했다. 한밤중에 흰색 페인트로 몰래 쓴 글자들 말이다. '사랑해, 토끼' 또는 '좋은 아침이야, 야옹아!' 뭐 그런 글말이다. 이런 것은 나에게 구토가 나오게 한다. 하지만 내가 기억하는 것이 있다. 그것은 이렇게 쓰여 있었다.

밀라, 생일 축하해.

사랑해.

N.

전체 이야기가 한 번에 펼쳐진 듯하다. 이런 글을 썼다면 둘의 관계는 아주 좋았을 것 같다.

그 다음 나는 페트로파블롭스크 지역을 배회하고 있었다. 그곳에는 풍성한 숱의 분홍색 가발을 쓴 여자 아이 두 명이 오리와 비둘기에게 먹이를 주고 있었다. 잔디 위에는 약 여섯 개 정도의 통식빵이 있었고 주위에 빵 부스러기들이 흐트러져 있었다. 오리들은 말 그대로 너무 먹어서 거의 질식될 정도였으며 비둘기들은 그들의 행운을 믿을 수 없어 하는 듯 보였다.

"오리들 배가 터지지 않겠어?" 내가 물었다.

"처음에 식빵이 열여덟 개 있었어요. 빵집에 있는 걸 다 샀거든요." 그들은 깔깔대며 웃었다.

나는 그들과 함께 오리에게 빵을 던져 주었다. 그 다음 집으로 가서 내가 어떻게 행동하기를 바라는지 이야기해 줄 제냐의 전화를 기다렸다. 그러나 그녀는 전화를 하지 않았다. 내가 거의 잠이 들었을 때 전화에서 나는 소리가 나를 깨웠다. 그렇다. 정말 천둥소리와 같았다. 기다리지 않았던 지나치게 커다란 소리는 이제 막 잠들려고 하는 사람에게는 너무 큰 소리였다. 이런 바보! 그건 메세지가 수신되었다는 소리였다. 내가 빌어먹을 전화 회사에 얼마나 빚을 지고 있는지를 알려주는 소리였다.

나는 더 이상 자고 싶지 않았다. 그리고 왜 내 사랑은 이루어지지 않는지 생각하기 시작했다. 내가 뭘 잘못했단 말인가! 물론 아빠는 최선을 다했다. 더 정확하게는 반대로 그는 손가락 하나 까닥하지 않고 우리를 떠났다. 그게 끝이었다. 사랑이 실현되기 위해서는 무언가 있어야 하나 보다. 그것에 대해서는 일일이 이야기할 필요가 없다. 나는 말을 많이 하는 편은 아니다. 인터넷에는 키스를 하거나 포옹하는 사진을 게시할 필요가 없다. 그러면 사랑은 조각조각 잘리게 되고 점점 더 작아진다. 그것은 마치 날아가는 것 같다. '영원하다'라는 말을 하지 말아라. 영원한 것은 오직 바다나 해변의 모래뿐이다.

나와 제냐가 함께 한 아파트는 나를 점점 답답하게 만들었다. 그래서 나는 잠시 동안 엄마 집의 내 방으로 돌아가기로 결심했다. 엄마는 요즈음 일을 하지 않고 막스와 시간을 보내고 있었다.

오랫동안 집을 비운 후 집으로 돌아오면 마치 좋아하는 오래된 영화를 다른 환경에서 보는 것 같은 느낌이 든다. 내 방은 변한 것이 없었다. 장난감 기차가 있는 장난감 도시가 한쪽으로 약간 움직였고, 몇몇 사진이 벽에 없는 것 빼고는 변한 것이 없었다. 나는 창문으로 다가가서 자전거와 롤러스케이트를 타는 사람들을 바라보았다. 나루토는 언제나처럼 그곳에 있었다. 그는 오늘 자전거를 아주 잘 탔다. 말 그대로 날아다녔다. 그는 새 티셔츠를 입고 있었다. 셔츠 앞쪽에 뭐라고 쓰여 있는지 알 수 없었지만 등쪽에는 노란색 원이 그려져 있었다. 무슨 이유에서인지 나는 그의 사진을 찍고 싶지 않았다. 그리고 거실로 돌아가서 우울한 포스트 락 음악을 틀고 스스로를 가엾게 생각하였다. 나는 아주 어렸을 때부터 이것을 좋아했다. 잘못된 행동으로 인해 엄마에게 심하게 야단을 맞은 날이면 나는 침대에 이불로 굴을 만들고 담요로 머리까지 몸을 가리고 벽쪽으로 몸을 돌려서 내 얼굴을 볼 수 없도록 하고 내가 자라면 모든 것이 달라질 것이라고 상상하였다. 나는 내가 정말로 누구인지 증명할 것이라고 하였다. 나는 자랐지만 내가 누구인지 아직 이해하지 못했다.

며칠 후, 나는 어느정도 진정할 수 있었고 제냐의 아파트로 돌아갔다. 제냐가 나 없이 떠나기로 결정을 했다면 그녀가 나를 그렇게 사랑하지 않는다는 것을 의미한다. 아니면 이것은 나의 이기심인가? 머리가 혼란스러웠다. 누군가와 이야기를 해야만 했다. 나는 온라인에 막스가 있는지 없는지를 살펴보았다. 무슨 이유때문인지 컴퓨터의 인터넷이 작동하지 않았다. 그래서 나는 제냐가 두고 간 제냐의 노트북을 통해서 들어가려고 했다. 노트북을 켜려고 보니까 노트북은 대기 모드에 있었고 워드 화일 하나가 열려 있었다. 화일의 내용을 열어 본 후 나는 그것이 제냐가 자신만을 위해서 쓴 일기라는 것을 알게 되었다. 그녀에게는 필기장애(dysgraphia)가 있었다. 그래서 단어의 글자들이 서로 자리를 바꾸어 있는 것들이 있었다. 만약 SNS에서 그녀가 모든 단어를 제대로 고쳤다면 노트북에는 틀린 그대로 놔 둔 상태였다.

나는 진정한 바보이고 유전자도 망가진 상태이기에 잠시 주저했지만 바로 읽기 시작했다. 나는 눈을 뗄 수가 없었다. 그래서 막스에 대해서 까맣게 잊고 있었다. 제냐에게 필기장애가 있다고 하더라도 난 문장을 바로 읽을 수 있었다. 사람들은 철자가 틀려도 단어를 전체적으로 인식한다고 하는 말이 맞다.

"마내침 네가 먹는 모습을 보았다. 믿을 수 없을 큼만 좋았다. 마치 너는 사람이 아닌 것 같았다. 하늘서에 내려온 천사 같았다."

"너는 내 색흰 바지를 빨라고 했다. 다음에 나는 울기 시작했다. 그래서 내 눈물이 전기화의 구멍으로 들어갔다. 나는 참을 수가 없었다. 난 너를 사해랑, 스위트하트(sweet heart)."

"네 손에 줄핏이 눈에 띄게 도드라져 있다. 너무나 부드러웠다. 나는 그것을 무너 만져 보고 싶었다."

"무서워! 내 오른쪽 다리에 세 개의 알 수 없는 멍이 있어. 왜 긴생 거지? 잠에서 깨어나서 보니까 다리에 멍이 겼생어. 밤에 어디를 돌아다닌 거지?"

"너는 말정로 인내심이 많구나. 나는 네게 모두 이야기해 줄 거야. 너는 늘 나를 정진시켜주었어. 가끔 난 그것이 수치스럽기도 해. 때때로 나 자신보다 더 널 믿을 수 있을 것 같아. 얼마나 더 많이 이 노래를 들을 수 있어?"

"내 발에 생긴 굳은 살은 어떻게 생긴거지? 이것들은 이미 내 몸을 치망기 시작했어. 나는 집 체전를 뒤져 봤는데 반창고조차 없어. 나는 21세기에 살고 있는데 바보 같은 굳은 살로 통고받고 있어. 스카치 테이프로 굳은 살을 덮어야만 했어. 끈적여."

"영원히 가차운 손. 가차운 세상. 가차운 물. 아프다. 나는 아마 그런 것을 받아들여서는 안 되는 것 같다."

"가끔 상세을 이해할 수 있다. 그렇다고 뭐 달라질 것은 없다. 오랫동안 불도 온기도 사라진 처음 보는 도시를 가는 것 같다. 당신을 편안하게 만들지도 않는다. 이 세상은 당신을 부른다. 세상이 당신을 부른다고 해서 당신이 편안해지는 않는다. 하지만 당신은 그것으로부터 벗어날 의지도 없다. 이 울림은 난비과 같다. 나를 잠을 재운 후, 스위트하트"

"나는 오늘 네가 그렇게 집에 가고 싶어하는 이유를 알지 못한다는 것이 경신이 쓰였다. 나는 이제야 그것을 알았다. 너는 냥그 집에 가고 싶었을 뿐인데. 나는 바보같이……. 지금까지도 마음이 진정되지 않는다. I love you."

"나는 이 거대한 행성에서 영원히 로외움을 느낀다. 나는 이 미친 행성에서 영원히 로외움을 느낀다. 나는 이 부조화의 행성에서 영원히 로외움을 느낀다. 나는 이 이름없는 행성에서 로외움을 느낀다. 나는 이 거대하고 미친 행성에서 로외움을 느낀다. 헬프 미, 스위트하트!"

"스위트하트, 가끔 나는 네가 아무것도 무서워하지 않는 것 같은 생각이 들어. 진짜로 그런지 아니면 나만의 각착인지 모르겠어. 그렇지는 않을 거야. 나는 네가 내 눈을 똑바로 보는 것을 두려워했던 것이 기억이 났어."

"어제 너는 나를 깨운 후 무슨 이유로 계속 미안하다

고 했어. 이해를 할 수 없었어. 스위트하트, 내가 잠
을 잘 때 네 목소리를 듣는 것은 항상 분기이 좋아."

그 다음 일기장에는 한참 동안 글이 없었다. 그리고
세 개의 짧은 글이 있었다. 그 중의 마지막 것은 제냐가
자신의 부모에게 가는 날 쓴 것이었다.

"지금 어딘가에는 거대한 다바가 있다. 지금 바로 그
곳에 몸을 담갔으면 좋겠다. 정신이 번쩍 들 것이다.
tabula rasa[4] 가 될 것이다."
"네가 있어서 나는 정말 기쁘다. 잊힌 영화 속 진실처
럼 네가 제언나 내 곁에 있으며 숨을 쉬고 살고 있다
는 것이 기쁘다. 이것은 나를 맑게 해준다."
"내가 정말로 그 사람에 대해서 잘못 생각하고 있다
면 모든 것을 기포하고 그를 따랐어야 한다. 하지만
그는 말도 하지 못했다. 나는 정말 보바이다. 나는 그
를 믿는다, 정말로 믿는다. 이 일은 그와 아무런 관계
없이 일어난 것이다. 정말로 그렇다. 나의 이런 보바

---

4) 라틴어로 '깨끗한 석판'을 뜻하는 단어이며 철학용어로는 '빈 서판'을 뜻한다.

같은 모습이 싫다. 나는 정말 보바처럼 그를 사랑한다. 하지만 그가 나를 사랑하지 않다는면 내가 거기에 앉아서 기다릴 필요는 없다. 그는 정말 그것이 나를 얼마나 가슴 아프게 하는지 모를까? 내가 만약 떠면나 그가 나를 따라 비행기를 타고 올까? 나를 찾을까? 나는 다시 마음을 다스리기 위해 약을 먹기 시작했다."

이 모든 것을 읽은 후 나는 내 자신이 나쁜 놈이라는 생각이 들었다. 나는 나도 모르게 이미 그렇게 해놓고 그녀를 힘들게 할까 봐 두려워하였다. 나는 몇 차례 계속해서 그녀의 일기장을 읽고 또 읽어 보았다. 그리고 나는 그녀를 따라 가지 않을 수 없다고 생각했다. 나는 가고 싶다. 나는 그녀 없이 살 수 없다. 그녀는 진정제를 다시 복용하기 시작했다. 이것은 큰 문제다. 엄마에게 이야기할 일만 남았다.

일요일이었다. 나는 엄마와 이야기를 하기 위해 집으로 갔다. 내가 거실로 들어갔을 때 나는 나의 청소년기가 지나갔다는 것을 다시 한번 확신했다. 예전에 엄마는 일요일마다 점심에 요리를 하였다. 요리에는 늘 커틀릿이 있었다. 엄마는 일요일 점심을 준비하려고 일부러 고기를 샀기 때문에 언제나 신선하고 맛있었다. 특히 나는 커틀릿을 퓨레와 함께 먹는 것을 좋아했다. 둘은 환상적인 조합이었다. 하지만 이제 커틀릿은 없다. 게다가 나는 베지테리언이다. 엄마는 좋아하는 하얀 소파에서 익숙한 자세로 자고 있었다. 바닥에는 마티니 병이 뒹굴고 있었다. 대화를 하기에는 적당하지 않은 시간 같았다. 하지만 더 이상 시간을 끌 수도 없었다.

"너 그 미친 아이 때문에 나를 버리고 떠난다는 거

야?" 깨어난 엄마에게 내가 상황을 설명하자 엄마가 보인 첫번째 반응이었다. "난 네 해외 여행에 동의하지 않을 거야."

그런 다음 어마어마한 히스테리가 있었는데, 그것을 기억하는 것은 무의미하다. 물론 엄마는 다시 한번 위대한 오두반치코프의 계명을 위반하고 몇차례 나를 머저리라고 불렀다.

나를 괴롭히는 것은 죄책감이었다. 그러니까 어떻게 설명을 해야 할지 모르겠다. 마치 내겐 행복할 권리가 없는 것 같았다. 나는 행복에 맞지 않는 사람인 것 같았다. 만약 내가 떠난다면 엄마는 평생동안 불행할 것만 같았다.

한편으로는 엄마의 첫 번째 반응은 그냥 참고 있어야 한다. 그냥 당연한 반응이기 때문이다. 난 좀더 일찍 모든 것을 설명했어야 했다. 엄마는 매우 화가 났고 나하고 말을 섞고 싶어하지 않았다. 내가 들을 수 있었던 말은 엄마가 쓰러지는 것을 내가 보고 싶어한다는 것, 내가 엄마를 사랑하지 않는다는 것, 엄마를 배신했다는 것 등 온갖 비난의 말들이 내 이름 앞에 놓여졌다는 것이다.

어떻게 할 수가 없어서 막스에게 전화를 해야만 했다. 그는 내일이나 올 수 있다고 했다. 하지만 난 기다릴 수 없었다. 나는 그에게 제발 지금 당장 와서 엄마와 이야기하고 설명을 해달라고 부탁했다.

그러는 사이 엄마는 막스 또한 결국 엄마를 버리고 떠날 것이라고 단정하기 시작했다. '또한'이라는 말에는 아빠만이 아니라 나도 들어가 있었다. 왜냐하면 엄마는 "내 주위에 있는 남자들이란!"이란 문장을 몇 번이고 반복했기 때문이다. 아빠는 내가 외국으로 나가는 것에 동의를 한다고 하자 엄마는 아빠를 향해 더욱 무섭게 화를 냈다. 나는 제냐의 집으로 갔다. 막스가 엄마완 단둘이서 이야기하는 것이 좋다고 생각했다. 하지만 나는 두 여자 중 한 명을 선택해야 하는 이 순간 나를 위한 장소를 찾을 수 없었다. 마침내 참지 못하고 다시 엄마의 집으로 향했다. 난 집 현관 앞에 도착하면 커다란 비명 소리가 들릴 것이라고 생각하였다. 하지만 집은 조용했다. 집 안으로 들어간 나는 집 안에 아무도 없는 것을 보고 더 놀랐다. 어디를 간 거지? 이럴 리 없어. 적어도 SMS는 보내야 하는 거 아니야?

나는 막스에게 SMS를 보냈다. 하지만 답장이 없었다.

나는 어떻게 해야 할지 몰랐다.

셔츠를 벗었다. 셔츠를 입었다.

마티니 병 뚜껑을 열었다. 마티니 병 뚜껑을 닫았다.

텔레비전을 켰다. 나는 전 세계의 마이클 잭슨의 팬들이 그의 생일을 축하하는 춤을 추고 있는 것을 보았다. 텔레비전을 껐다.

나는 인터넷에 들어갔다. 인터넷에서 나왔다.

나는 발코니로 나갔다. 나는 발코니에서 집 안으로 들어왔다.

담배에 불을 붙였다. 담뱃불을 껐다.

주전자에 물을 끓였다. 주전자의 불을 껐다.

욕조에 물을 받기 시작했다. 물을 잠궜다.

방에 불을 켰다. 불을 껐다. 나는 불을 켰다 껐다를 열다섯 번 정도 했다.

다트판에 다트핀을 던졌다. 다트핀을 발코니에서 던졌다.

나루토를 보았다. 방에서 나왔다.

제냐에게 전화를 했다. 제냐에게 전화 거는 것을 그만

두었다.

잠을 자려고 침대에 누웠다. 잠이 오지 않았다.

상점에 갔다. 왜 갔는지 잊어버렸다.

얀 티에르센의 연주 음악을 틀었다. 얀 티에르센의 연주 음악을 껐다.

울었다. 울음을 그쳤다. 그리고 다시 울었다.

나는 지금 제냐가 어떤 상태인지 상상했다. 그녀는 내가 그녀를 버렸다고 생각할 것이다. 어떤 감정 상태에서 그녀는 떠났을까? 그리고 그녀는 이제 앞으로 남자와는 전혀 이야기하지 않을 것이다. 이게 모두 나 때문이다.

나는 그녀의 입술에 있는 흉터를 기억했다. 그녀 자체가 하나의 큰 흉터와 같다. 나는 그 흉터를 사랑했다. 그래서 이 고통을 선택할 권리가 없다.

나는 실수를 할 권리가 없다.

시간이 흐르면 흐를수록 그녀가 돌아올 수 있는 기회는 점점 적어져 갔지만 나는 그녀에게 나타나서 "기다려. 지금 막스가 엄마를 설득하고 있어. 그리고 우리 같이 가자."라고 이야기할 수 없다. 나는 완전한 개자식처럼 느꼈다.

다시 누군가 다른 사람이 내 문제를 해결해 주고 있다.

난 힘이 들었다. 하지만 지금 이 순간 제냐와 엄마가 누구보다 힘들다는 것을 잘 안다. 둘은 지금 나 때문에 고통스러워 한다. 만약 나 때문에 그들이 그렇게 힘들어 한다면 내가 왜 필요하단 말인가!

나는 물감이 든 튜브를 내 손에 쥐어 짜기 시작했다. 그런 다음 그것을 얼굴 전체에 발랐다. 옷에도 발랐다. 마치 자신을 분장하는 것처럼. 다른 누군가가 되기 위해서. 막스나 브루스 윌리스 같은 사람이 되기 위해서. 물감은 차가웠고 나는 조금은 마음이 가벼워졌다.

그런 다음 나는 오랫동안 샤워기 아래에 서서 여러 가지 색의 물줄기가 아무런 문제가 없는 곳으로 흘러가는 것을 지켜보았다. 물이 나를 씻어서 멀리 데리고 가길 바랐다, 다시 이곳으로 돌아올 필요가 없다는 듯.

점차 물 줄기는 투명해졌고 내 피부도 원래의 피부색으로 돌아왔다. 나는 태어난 지 일주일 밖에 안 된 듯한 창백한 모습이 되었다. 욕조에서 나온 나는 현기증을 느끼고 그대로 쓰러졌다. 발이 욕실 다용도함의 모서리에 찍혀서 피가 났다. 내가 좋아하는 색깔이다. 나는 지혈

할 생각도 하지 않고 잠시 동안 피를 보고 있었다.

내 생각에 내 머리 속에는 뇌를 대신해서 공기가 찰 수 있을 때까지 가득 찬 작은 풍선들이 가득 있는 것 같았다. 조금만 더 공기를 넣으면 그것들은 터질 것만 같았다. 그런데 내 귀에서 다양한 색깔의 그것들이 기어나왔다. 그것들이 나를 찾으면 나는 집에서 열심히 연습했지만 무대에서 넘어지고 만 어릿광대처럼 될 것이다.

피가 자연스럽게 멈췄고, 나는 스카치 테이프를 상처에 붙이고 마티니를 한 모금 마신 뒤 엄마가 좋아하는 소파에서 잠이 들었다. 가끔 나는 이 소파가 살아 있고 엄마의 목소리로 말하는 것 같았다. 나는 이 소파와 친구처럼 잘 지낸다. 그리고 밤에 그곳에서 자기도 한다.

엄마가 아침에 나를 깨웠다. 나는 그녀를 보고 깜짝 놀랐지만 엄마는 어제 우리가 나눈 대화보다도 소파에 마티니를 쏟았다는 사실을 더 걱정하는 것 같았다.

"이제 화 안 났어? 그러니까 나와 제냐 문제 말이야."

"화 나 있어." 엄마가 침착한 말투로 말했다. 하지만 엄마가 감정을 간신히 억제하고 있는 것이 보였다.

"엄마……."

"가고 싶으면 가." 퉁명스럽게 엄마가 말했다.

"동의서를 써 줄게."

"엄마, 영원히 가는 게 아니잖아. 제냐가 공부를 끝내면 우리는 돌아올 거야."

"유럽 나갔다가 돌아오는 사람 봤어? 잘 살아, 바보들 같으니. 네 엄마를 잊지는 마라. 곤돌라를 타볼 수 있게 초대해 줄 거지? 손자도 보여주고. 그래, 애들 돌볼 사람이 필요하지 않겠어? 필요하면 내가 해 줄게."

막스는 천재다. 그는 내가 할 수 없었던 어떤 말을 엄마한테 한 걸까? 왜 막스는 되는데 나는 안 되는 걸까? 난 기분이 매우 좋았다. 정말이다. 하지만 내가 직접 엄마를 설득하지 못한 것이 괴로웠으며 마음을 불편하게 했다.

"너의 제냐는 지금 어디 있는데?"

좋은 질문이었다. 이 모든 오해와 소란 때문에 나는 제냐가 한 번도 나타나지 않았다는 것을 알아채지 못했다. 나는 습관처럼 매일 그녀에게 전화를 했지만 전화 저편에서는 매번 전화 연결이 되지 않는다고만 하였다. 그것이 나를 놀라게 하지는 않았다. 그녀는 우리가 싸운 후에는 항상 전화기를 꺼 놓고 있었기 때문이다.

나는 제냐와 함께 갈 수 있게 되었다고 이야기를 하려고 제냐의 부모님에게 달려갔다. 그런데 그들은 나를 보는 것이 기쁘지 않은 듯하였다. 그들이 나를 좋아하지 않기 때문이 아니다. 그들은 내게 무언가 말을 하고 싶어하는 듯하였다.

나는 정말 믿을 수 없었다.

이제 모든 것이 이루어질 수 있다는 것을.

심지어 엄마가 이미 동의를 했다는 것을.

새로운 상처가 내게 생겼다는 것을.

아빠와는 달리 내 인생에서 처음으로 정상적인 걸음을 내딛게 되었다는 것을.

코끝이 찡했다.

아빠는 내가 제냐와 함께 간다고 했을 때 제대로 하고 있다고 말하며 경비에 보태 쓰라고 돈을 보내줬다. 이것은 아마도 자신의 실수로부터 배웠기 때문에 그렇게 이야기하는 것일 것이다. 아빠가 어디를 안 가 봤겠나? 내가 온실 속 식물처럼 자랄 때, 항상 물을 주고 마른 가지를 잘라주고 할 사람이 늘 있을 거라고 생각하며 아빠는 어디에 있었겠는가? 엄마가 두 가지 일을 하고, 나는 움직이는 엘리베이터 소리에 몸을 웅크리고 있을 때 아빠는 어디에 있었을까?

그런데 제냐가 이미 3일 전에 떠났다면 나는 어디로 가야 할까? 나는 진작 이해했어야 했다. 그녀의 일기장에서 이해를 했어야 했다. 그녀는 나 없이 떠난다는 것을 암시했다. 제냐의 부모님에게 달려갔을 때 그녀가 이미 떠났다는 것을 알고 나는 미쳐버릴 것 같았다.

나는 집 안을 샅샅이 뒤졌다. 하지만 정말로 그녀는 그곳에 없었다. 게다가 그녀는 부모님에게 밀라노에서 자기를 어떻게 찾을 수 있는지 이야기하지 말라고 했다. 제냐의 엄마는 나를 쳐다보려고도 하지 않았다. 난 바보같이 흐느끼며 제냐의 방 안을 왔다 갔다 했다. 제냐의 아빠는 그런 나를 집에서부터 데리고 나와서 아무런 도움을 줄 수 없다고 말했다. 그는 딸에게 한 약속을 지킬 것이라고 했다.

"사실, 밀라노에는 그림 공부를 할 수 있는 교육기관이 그렇게 많지는 않아." 내가 가려고 했을 때 그는 그렇게 말한 뒤 문을 쾅 닫았다.

나는 집으로 돌아왔다. 퀵 서비스 배달원이 마침 내 여권과 비자를 가지고 왔다. 남은 물건들을 가방에 던져 넣었고, 미리 그려 둔 그림 몇 장을 함께 넣었다. 그리고 공항으로 갔다. 짐을 싸는 동안 거의 자동적으로 〈유로뉴스〉를 켰다. 마침 방송에서 공항 날씨를 알려주고 있었다. 바로 내게 필요한 것이었다! 상트페테르부르크 하늘은 비행기가 날 수 있는 날씨였다!

이미 며칠 동안 제냐는 그곳에서 혼자 있다. 난 그녀가 잘 해낼 것이라는 것을 안다. 문제는 어떤 대가를 치르느냐이다. 만약 그녀가 큰 대가를 지불한다면 그녀는 인생의 나머지 절반을 살면서 아무도 안 믿게 될 것이다.

막스가 지금 엄마 곁에 있는 것이 다행이다. 그는 일을 잠시동안 미뤄두기까지 하였다. 그리고 그는 콧바람을 쐬러 오슬로로 가자고 엄마를 설득했다. 나도 언젠가는 제냐와 함께 오슬로에 가고 싶다. 우리도 도시 이름 끝말잇기 놀이를 할 것이다. 하지만 지금 중요한 것은 그녀를 찾는 것이다. 출입국심사대의 검열은 참을 수 없을 만큼 길었다. 그들은 나를 샅샅이 살펴보았다. 생각까지 읽을 기세다. 나는 땀에 젖어 있었다. 심사관 중 한 명이 내게 어디 아프냐고 물었다. 나는 아니라고 대답했다. 그들은 체온을 쟀으며 다행히도 정상이었다. 불쌍한 제냐는 지금 무엇을 하고 있을까?

나는 출입국심사대를 통과하고 비행기 탑승을 기다렸다. 엄마가 보낸 메시지가 왔다.

"난 너와 제냐를 위해서 교회에서 초에 불을 붙이고 기도했어. 몸 조심해. 사랑해. 엄마가."

이상하다는 생각이 들었다. 나는 공항에 있는데 어딘가에서 나를 위해 초에 불을 붙인다니. 이제 나는 제냐를 찾을 수 있다는 것을 전혀 의심하지 않는다. 나는 모든 게 잘 될 것이라는 것을 확신한다. 그녀를 찾을 일만 남았다. 그 순간 한 가지 기억이 떠올랐다.

내가 열두 살 때였다 나와 엄마는 집 근처에 있는 교회에 갔었다. 우리가 교회 안으로 들어갔을 때 그곳에서는 예배가 진행되고 있었다. 그래서 우리는 조용히 초를 사서 불을 붙인 다음 촛대에 세워 놓았다. 나는 무엇 때문인지 긴장하고 있었고, 한참동안 초를 제대로 세워 놓을 수 없었다. 왠지 자꾸 삐뚤어지게 섰다. 그래서 난 초가 넘어질까 봐 걱정되었다. 엄마는 예배를 보는 사람들

속으로 들어가서 기도를 하였다. 나는 여전히 초를 바로 세우려고 노력하고 있었다. 내 뒤에서 수건을 머리에 쓴 할머니 한 명이 그런 나를 바라보고 있었다. 그러니까 예배를 보는 동안 초들을 살펴보는 할머니였다. 그녀는 키가 작았고 머리가 하얬다. 한참 동안 씨름을 한 후 마침내 나는 초를 제대로 세웠고 엄마 옆으로 가서 섰다. 잠시 후에 나는 기분이 이상했다. 뒤를 돌아보았더니 내가 세운 초가 천천히 넘어지고 있었다. 나는 뛰어가서 그것을 잡아야겠다는 생각도 하지 못하고 있었다. 그 순간 그 할머니가 초를 잡아서 똑바로 세워 놓았다. 그녀는 한 번에 초를 정확하게 똑바로 세웠다. 그때 내 눈에서 눈물까지 흘렀다. 그녀는 내게 미소를 띄어 보였다. 그때에서야 나는 진정할 수 있었다.

엄마의 SMS를 받은 지금 바로 그렇게 나는 진정할 수 있었다.

비행기가 이륙했을 때 나는 비자의 기간이 끝날 때까지 만약 제냐를 찾지 못한다면 새 비자를 만들어서 찾을 때까지 있을 것이라고 결심했다.

머릿속에서 빙빙 도는 생각을 떨쳐버리기 위해서 나

는 신문을 집어 들었다. 특별히 읽을 만한 내용은 없었다. 하지만 땅이 보이지 않는 비행기 안에서 달리 더 이상 뭘 할 수 있을까? 나는 음악을 들을 수 없다, 왜냐하면 모든 음악들은 제냐를 생각나게 했기 때문이다. 아, 마이클 잭슨에 대한 기사가 나와 있다.

"지난 6월 25일 세상을 떠난 팝 음악의 황제 마이클 잭슨이 목요일 저녁 로스앤젤레스 근처의 포리스트 론 메모리얼 파크에 묻혔다고 CNN이 전했다. 장례식에는 엘리자베스 테일러, 배우 매컬리 컬킨, 가수 스티비 원더, 전처 리사 마리 프레슬리가 참석했다……."